世話焼きキナコの××管理
Caretaker Kinako's XX Management
小説 おかざき登
イラスト おりょう
原作 漫画エンジェルネコオカ
キャラクター原案 忍舐しゅり

――あの人、何をやってるんだ……？
ドキドキしながら、言葉から連想される
リトル澄人に響きそうな妄想を膨らませているところに
ガチャッと浴室のドアが開く音がして、
澄人は心臓が飛び出しそうなほど驚いた。

「うわっ」
ちらりと振り返れば、
バスタオルを身体に巻いた
来菜子が顔を出していた。

「もう少しでできますから、
待っててくださいね」
そう言って微笑む来菜子は、
まるでエプロンだけを
身に着けているように見えた。
「あ、はい……」

料理ができるのを邪魔をせぬようにと
見守るしかできない澄人は、
ただただその張りのある脚の美しさや、
フライパンを揺する度に連動して
震える大きな胸の躍動に
見入ることしかできなかった。

「そういえば、清音ってもう飲める年齢なんだっけ？」

「短大を出て就職決めたんだよ？

もう立派に二十歳になりました！」

「まあ、それはおめでとうございます」

「じゃあ、乾杯の代わりに、おめでとう！」

三人ともグラスを手に、乾杯をする。

世話焼きキナコの××管理
Caretaker Kinako's ×× Management

CONTENTS

ダッシュエックス文庫

世話焼きキナコの××管理

原作　漫画エンジェルネコオカ
小説　おかざき登

プロローグ

シャワールームから漏《も》れ聞こえる水音に負けないくらい、早鐘《はやがね》のような心臓の音が大きく聞こえた。

年齢イコール彼女いない歴の澄人《すみと》にとって、これはそれほどに緊張し、胸が高鳴る事態だった。

自分の住むアパートに、今、女性がいて、しかもシャワーを浴びている。

しかも、その相手がとびきりの美人で、おまけに胸も大きくてスタイル抜群ときている。

そんなシチュエーションだけで、期待も股間《こかん》も大いに膨《ふく》らんでしまう澄人なのだった。

水音に紛《まぎ》れて、浴室からくぐもった声が聞こえてくる。

無意識のうちに、澄人は耳を澄ましていた。

「ああ、すごく黒くて大きい……」

「!?」

何かの聞き間違いかもしれない、と自分に言い聞かせても、考えはどうしてもそっち方面へと向かってしまう。

——彼女のカラダ……。

ごくり、とつばを飲み込む音がやけに響いた気がした。

シャワーの水滴がぶつかっては弾《はじ》ける彼女の白い肌を思い浮かべて、さらに胸が高鳴る。

——いや、ダメだ！　出会って間もないのに、俺は何を考えているんだ！

澄人は頭を振ってピンク色に染まりかけた思考をクリアにしようと試みたが、『こんなふうに振ったらあの豊満な胸はどんな揺れ方をするだろうか』というさらなる邪念が降って湧いただけだった。

「ふふ、くびれたところの裏側も綺麗にしないと」

「!?」

さらに聞こえてきた声で、澄人はますます困惑《こんわく》する。

——い、いったいシャワールームで何をしているんだ……？

至極《しごく》まっとうな疑問を思い浮かべつつも、澄人の煩悩《ぼんのう》は聞こえてくる声から連想した妄想を止めることができなかった。

一糸《いっし》まとわぬ姿で、彼女がシャワールームの扉を開けた。

髪の毛から、水滴がポタリと落ちる。

落ちた水滴が鎖骨《さこつ》を伝い、胸の膨らみへと流れていく。

その水滴の流れから目を離すことができない。

「あ、あの、えっと、ごめ――」

あたふたと狼狽《うろた》えて謝ろうとする澄人だったが、彼女は怒りもしなければ、主張の激しい肢《し》体《たい》を隠そうとする素振りもない。

シャワーを浴びて上気した肌を水滴が飾っている。ただでさえ魅力的なプロポーションがキラキラ輝く水滴に飾られて、その姿は神々《こうごう》しいとさえ思えた。

彼女は慌《あわ》てふためく澄人に挑発的な微笑みを見せ、次の瞬間、おもむろに澄人の真ん前で膝《ひざ》をついた。

――え？

なおも戸惑《とまど》う澄人のリトル澄人に、彼女が手を添える。

「ああ、すごく黒くて大きい……」

「いや、その……あっ」

リトル澄人に柔らかい刺激が加わって、澄人は背筋を駆け上がってくる快感に身をのけぞらせた。

「ふふ、くびれたところの裏側も綺麗にしないと……」

「あ、ちょ、待って……」

澄人は悲鳴に近い情けない声を上げた。

「ああ、熱ぅい……」

「うっ……!」

不意にシャワーの水音が止まり、澄人はハッと我に返った。

当然、裸の彼女が目の前にいるはずもない。

しかし――、
シャワールームのドアが開いて、その豊満な身体にバスタオルを巻きつけた彼女が顔を出して、にっこりと微笑んだ。

「うわっ」

「あの、お願いがあるんですけどぉ」

笑顔の彼女に、困惑しつつも何かを期待して、澄人は生唾《なまつば》を飲み込んでいた。

第一話　数合わせの女神

　賑《にぎ》わう居酒屋の一席で、澄人《すみと》はあらゆる方向に気を配っていた。

　テーブルの料理は足りているか、メンバーのドリンクは空いていないか、会話は途切れていないか、合コンで盛り上げ役なんてことをやっていると、気にするべきことは山ほどある。

　——合コンは遊びじゃない。この合コンの成否で、来季の契約がどうなるかが決まりかねないんだ……つまり、これは仕事ッ！

　真剣な目で状況判断をしつつ、おどけた三枚目を演じて取引先の人たちを引き立てつつ、女性陣が気持ちよく楽しく過ごせるよう心配りをしなければならないという、実に難易度の高い時間外労働なのだった。

「田中《たなか》さんって、慶応《けいおう》卒でしたっけ？　いやあ、すごいっすよね、俺なんかFラン大学だから憧《あこが》れちゃうなあ」

　——田中さんからの合図では、真ん中の子狙い……。こういうブランド志向が強そうな子は、学歴や肩書きをアピールするのが効果的なはず……！

「あ、ドリンクのおかわり頼みます？」

――ヨイショがわざとらしくならないよう、連続でのフリは避けつつワンクッション入れて、ついでに女の子たちが会話に集中できるよう飲み物の残量もチェックして……。

「そういえば、鈴木《すずき》さん、こないだ車買ったって言ってましたよね！　なんて車でしたっけ？　あれ、メチャメチャかっこいいっすよね」

――鈴木さんが狙ってる右の子は趣味が旅行とドライブと言っていた。これは本当にそれが好きか、旅行歴や所持している車のグレードで収入を測ろうとしてるか……どっちにしても、新車の話題は外れないはず……！

楽しげに会話している男女を見やりつつ、なんとか上手《うま》くこの合コンを盛り上げられているぞ、と思いながら、澄人はチラリと左端に座って、背を丸まるようにウーロンハイをちびちび飲んでいる女性を見やった。

何度か澄人も話を振ったが、どうにも会話を続ける気がないようで、すぐに返事が返ってこなくなってしまう。

仲間の女の子たちから話しかけられても、同様に素《そ》っ気《け》ない返事を返すのみ。男性陣も何度か話しかけていたがやはり気のない返事が返ってくるだけなので、すぐに得意先の二人もターゲットを変えてしまった。

――体調が悪いわけでもなさそうだし……。ははあ、さては数合わせで引っ張り出されたのかな。

きっと合コン自体に乗り気ではないのだろう、と澄人は判断して、左側のその子についてはなるべくそっとしておくことに決めたのだった。


やがて合コンも終わり、居酒屋を出る。

その頃には、取引先の二人はそれぞれお目当ての女の子とすっかり打ち解けており、これからどうする、という話を各カップルで始めていた。

「じゃあ、ここで解散な。お疲れ」

取引先の田中が、仲良くなった子と寄り添いながら、目立たぬように澄人に親指を立てて夜の街へと消えていく。

もう一人の鈴木も、お目当ての子とはすっかり仲を深めたらしく、肩を抱いて別の方向へと去っていく。

「いい店知ってるから、ちょっと飲み直そうよ」

そんなことを女の子に言いながら、そっと澄人に「ナイスアシスト」と目配せをしてくるのを見て、澄人は小さく手を振って見送った。

――あー、やっと終わった……。

やれやれ、と澄人は安堵《あんど》のため息をつき、トントン、と重荷が下りた肩を叩いた。

「みんな行っちゃいましたね」

後ろから声をかけられて、澄人は驚いて振り返った。

そこにいたのは、合コンの席の片隅で頑《かたく》なに盛り上がろうとしなかった女性だった。

「そうですね。えっと、……瀬和谷《せわや》さん、ですよね」

「はい、瀬和谷来菜子《きなこ》です。合コン中は目立たないようにしてたから、覚えてないかなって思ってました」

来菜子はにっこりと微笑んだ。ずっとうつむき加減だった合コン中とは打って変わって、朗《ほが》らかで明るい表情だった。

しかも、こうして立ち姿をしっかりと見ればスタイルが抜群にいい。グラビアアイドルです、と自己紹介されたら、澄人は疑うことなく信じてしまっただろう。

「い、いえ、珍しい名字だな、って思ってたんで」

突如《とつじょ》として発せられた美女オーラに少し気圧《けお》されて、澄人は少し言葉に詰まりつつ言った。

「目立たないようにしてたってことは気づいてました。もしかして、数合わせに呼ばれたんですか？」

「そんなところです。断りきれなくて。織部谷《おべや》さんも、明らかに盛り上げ役というか、サポート担当でしたよね？」

「あの二人、取引先の担当者なんですよ。頼まれたら断れないというか、もはや仕事の一環というか……。おかげさまで、来期も継続して契約してもらえそうです」

澄人の少しおどけた言葉に、来菜子はくすくすと笑った。

「お互い、付き合いで終電がなくなるまで数合わせやサポートをやってるんだから、お人好《よ》しですよね」

「えっ、もうそんな時間ですか!?」

澄人は慌《あわ》ててスマホを取り出して時間を確認した。

「うわ、ホントだ……。瀬和谷さん、帰れます？」

「さすがに無理ですね」

「うーん、本来なら帰りのタクシー代を出すべきなんでしょうけど、すみません、今月は結構ピンチで」

「いえ、そんな……。適当に二四時間やってるお店でも探して時間を潰《つぶ》しますから。織部谷さんはどうされるんですか？」

「俺は歩きで帰れるんで。あ、もしよかったら、うちに来ます？」

「え」

終電を逃したとわかってもさほど動じていなかった来菜子が、初めて動揺の色を見せた。その表情の変化が何を意味するのか、澄人はハッと思い至った。

「あ、その、下心とかはないんで！」

言っていて、信用してもらえる要素が何もないなあ、と澄人自身も呆《あき》れ気味ではあったが、言わずにはいられなかった。

「ええと、はい。そこは疑ってないですけど、申し訳ないというか……」

さすがに疑っていないというのは話を合わせてくれたのだろう、とは思うものの、澄人としては、このまま来菜子を放り出すのも申し訳ない、という気持ちが強かった。

「そこは気にしなくても……あ、でも、俺の部屋、散らかりすぎてて人を呼べる状態じゃありませんでした」

あははー、と冗談めかして澄人は言った。つまるところ、これは断ってもらうためのきっかけを投げたつもりであった。

しかし、『散らかりすぎて』のところで、来菜子はビクッと身体を震わせ、

「是非お邪魔させてください！」

ぐわっと澄人に詰め寄るように迫った。

「えっ」

想像していたのと真逆の反応と、あまりの来菜子の勢いに、澄人は驚いてちょっと身を引いてしまった。

「あ、その、私、掃除とか大好きなんで……。それに、下心、ホントにないんだなって。だって、女の子を連れ込もうと考えてるなら、部屋くらい掃除しておきますよね」

言い訳をするように、慌てて来菜子はそう言った。

「あー、まあ、確かに」

「私は始発が動くまでいさせてもらう、そのお礼にお部屋を掃除する。これでウィンウィンだと思うんですよ」

「そうですね」

そう答えた澄人は、断ってもらうつもりがどうしてこうなったのか、と首を傾《かし》げるのだった。

＊

アパートに到着し、「お邪魔します」と言って澄人の部屋に入るなり、来菜子は歓喜の表情を浮かべた。

まるで大好物のごちそうを前にした幼子のような目の輝きだった。

――そんなに……？

来菜子の表情は、部屋を散らかしている当人である澄人でも少し引いてしまうほどだった。

そんな澄人を尻目《しりめ》に、来菜子は腕まくりをして髪をまとめ、嬉々《きき》としてゴミをまとめ始めた。

「なんかすみません……。俺の部屋ですし、手伝いますよ」

おずおずと声をかけてみるが、

「いいえッ！　私の楽しみを奪わないでください！」

と怒られてしまった。

「は、はい……」

「ああ、こんなに掃除し甲斐がある部屋は初めてです！」

「す、すみません、最近特に忙しくて……」

「いえ、むしろありがとうございます！」

来菜子は屈《かが》み込んで、汚れ具合を確認するように床を指で拭《ぬぐ》った。

屈んだりするものだから、立っている澄人の視線とは相当に高低差が生まれることになる。

その高低差がもたらしたのは、あまりにも豊満な胸元を労せず覗《のぞ》き込めるというシチュエーションだった。

――でっか！

真正面から見てもそれは感じていたが、上から見て二つの丘が作り出す谷間の立体感を目《ま》の当たりにして、澄人は真にそれのサイズ感を思い知らされた。

「うふふ、こんなに溜まって……」

うっとりした顔で、来菜子は埃《ほこり》がついた指先を見つめ、悩ましげな吐息《といき》とともに言った。

――言い方ァ！　汚れとか埃のことですよね!?

「たっぷりと、隅々まで、私が綺麗にしてあげますからね」

――ドキドキするな、俺……！　これは床の話、床に溜まった埃や汚れをどうにかするって話であって、他の意味はないんだ……！

「ええと……」

目と耳を刺激されて困惑《こんわく》している澄人の呟《つぶや》きで、来菜子も我に返った様だった。

「あ、すみません。ふふふ、たっぷり掃除ができると思うと、もう嬉しくて嬉しくて……。あ、この埃っぽさ……ふふ、ふふふふふ。あ、雑巾《ぞうきん》とか捨ててもいいタオルとか、あります？」

と、澄人を見上げて訊《き》いた。

「あ、はい。すぐ持ってきます」

澄人は古いタオルをバストイレ兼用の洗面所で濡らし、しっかりと絞って来菜子に手渡した。

来菜子はといえば。「ありがとうございます」と濡れタオルを受け取りつつ、電子レンジの中をチェックして、

「あぁ、べとべと……」

と恍惚《こうこつ》の声を発した。

――だから、言い方！　なんでいちいちエロく言うの！

「あ、それから、酢ってありますか？」

「す？　って、餃子《ギョウザ》につけるあの酢ですか？」

「はい、その酢です。酢って殺菌作用があるので、掃除に使えるんですよ。電子レンジの中と

か、耐熱容器に入れてチンするだけで汚れがぐっと落としやすくなりますよ」

「まさか酢にそんな効果が……」


【豆知識・掃除編】

酢の酢酸《さくさん》やレモンのクエン酸には殺菌作用があります。

さらに、酸性なので、アルカリ性の汚れを落としやすくする効果もあります。アルカリ性の汚れは、水垢《みずあか》とか石けんカスなどです。

つまり、水回りの掃除に有効なのです。

ただ、酢なら何でもいいというわけではなく、穀物酢やワインビネガーが適しています。黒酢とか寿司酢、果実酢とかは糖分も多いので、ちょっと向いていません。

他に気をつける点としては、酢は全体的に臭《にお》いもきついので、使いすぎると掃除のあとにも臭いが残ってしまいます。


「――というわけで、酢はお掃除に有効活用できるんです」

「へえ、知りませんでした。あ、酢ならときどき冷凍餃子を作って食べるんで、ありますよ。出してきますね」

「お願いします」

来菜子は早速、四つん這《ば》いになって、受け取ったタオルで床を拭《ふ》き始めた。

タオルを持った手が床の上を左右に動くたびに、重力に引っ張られた豊かすぎる胸が左右にたゆんたゆんと大きく揺れる。

——ああもう、目が……目が引き寄せられる……。ダメだダメだ、掃除してくれてる女性をいやらしい目で見るなんて、最低だぞ！　最低だけど……見ちゃうよなあああ！

澄人の中の悪魔が囁《ささや》く。

『見て何が悪い？　別に無理矢理触ったわけでも押し倒したわけでもなし、見るだけならタダだろ、タダ！』

澄人の中の天使が抗《あらが》う。

『ダメだよ、そういう視線ってきっと気づかれてるよ！　あんな素敵な子に軽蔑《けいべつ》されるなんて悲しすぎるだろ！』

悪魔と天使の主張に板挟みになったまま、澄人は酢を取りにキッチンへと向かうのだった。

＊

三時間後。

散らかり放題だった澄人の部屋は、見違えるほど綺麗に片付いていた。

その変わりように驚く澄人のとなりでは、来菜子がやり遂《と》げた達成感に満ちた表情で額《ひたい》の汗を拭っていた。

「すごいですね。もしかして、プロ……？」

「いいえ、私、職業はエステティシャンですよ。でも、関係はあるかもしれないですね。私は、『美しさの本質は健康』だと思っているので」

「健康、ですか」

「ええ。健康が土台にないと、やっぱり美しさはいびつになるものですよ。栄養バランスの取れた食事と、衛生的な生活環境。これが基本の基本です」

「なるほど……」

実際に美しい女性が言うのだから、澄人は素直に納得してしまった。少なくとも、来菜子の美貌やスタイルを見る限り、その言葉には説得力しかなかった。

「あ、もしよかったら、シャワー使います？　汗、かきましたよね」

「うーん、確かに汗は流したいですけど……」

ちらり、と来菜子は澄人の表情を窺《うかが》うような視線を向けてきた。若干冗談《じゃっかん》めかした仕草ではあったが、半分は警戒心もあるように澄人には感じられた。

「部屋を片付けてくれた恩人の入浴を覗いたりしませんよ。まあ、浴室もそんなに綺麗ではないんでアレですけど……」

「そういうことなら、お借りしますね！」

即答だった。そう言った来菜子の目は、とてもキラキラしていた。

――あ、ついでに掃除する気だ……。

好きな掃除の前では、警戒心も吹き飛んでしまうのか、と考えて。澄人はちょっと可笑《おか》しくなってしまった。

いそいそとユニットバスに向かう来菜子を見送って、澄人はハッとして新しいバスタオルを取り出し、

「瀬和谷さん、バスタオル、これ使ってください」

と声をかけた。

「ありがとうございます」

バスルームのドアが少し開いて、白い手がにゅっと出てきた。その手にバスタオルを手渡す。磨《す》りガラス越し、おそらく服を脱ぎかけているのであろうシルエットが見えた。

反射的に、澄人は目を逸《そ》らしてバスルームのドアに背を向けた。

もちろん、見たいという欲望がないわけではない。

なんなら、バスタオルを渡す口実でうっかりドアを開けてしまうという手もあったかもしれない、くらいのことは思ったりもする。

あんなエロい胸や言葉で刺激されまくったのだから、裸の一つや二つ、見たくなるに決まっ

ているのだ。

しかし、天使と悪魔が争うまでもなく、澄人は背を向けていた。

そういうところをヘタレとか意気地なしとか許する人は少なからずいるかもしれないが、そうしたやり方を卑怯《ひきょう》だと思うくらいには、澄人は性根が善良であった。

やがて、背を向けたバスルームから、水音が聞こえ始める。

——しかし、自分の部屋で女の子がシャワーを浴びてるって、そういうんじゃないってわかっててもドキドキするな……。

ふと、水音に混じって、かすかな声も聞こえた気がした。

——ん？　独り言？　何を言ってるんだろう……？

背を向けたまま、澄人は耳に全神経を集中させた。

「ああ、すごく黒くて大きい……」

「!?」

それが黒カビの汚れのことだとは、澄人には想像できなかった。

「くびれたところの裏側も綺麗にしないと……」

「!?」

シャワーヘッドのことかもしれない、とエロい思考に支配されていなかったなら、あるいは推察できたかもしれない。

「ああっ、熱ぅい……」

「……」

——あの人、何をやってるんだ……？

ドキドキしながら、言葉から連想される、リトル澄人に響きそうな妄想を膨《ふく》らませているところにガチャッと浴室のドアが開く音がして、澄人は心臓が飛び出しそうなほど驚いた。

「うわっ」

ちらりと振り返れば、バスタオルを身体に巻いた来菜子が顔を出していた。

——その姿はムスコに効きすぎる……！

「あの、お願いがあるんですけどぉ……」

「は、はいっ、なんでしょう!?」

声が上ずってしまったのは、もはや不可抗力だった。

「漂白剤ってありますか？」

あるない以前に、漂白剤と言われて、澄人はピンとこない有様だった。

「いや、ないっすね……。何やってるんです？　なんか変な言葉が聞こえてきましたけど」

「あ、やだ、聞こえちゃいました？　あちこちに黒カビが出てて、シャワーヘッドまで汚れていたもので」

「あー、くびれってシャワーヘッドの……。酢じゃダメなんですか？　カビにも効きそうなイメージありますけど」

「いいえ」

ハッキリと、来菜子は首を横に振って否定した。

「カビに酢は逆効果です」


【豆知識・掃除編】

酢には殺菌作用はありますが、カビは菌とは違います。菌には効果的な酢も、カビには栄養を与えてしまう場合があるのです。そもそも、古い酢にはカビが発生する場合さえあります。

そのため、酢は細菌が多いキッチンのシンクなどでは有効ですが、カビが多い浴室とは相性が悪いです。

さらに、目地やパッキンは酢の酸性成分で劣化してしまう場合もあります。それに酢と漂白剤は混ざると有毒ガスが発生してしまう危険性もあるので、浴室で酢の使用は避けた方がいいでしょう。

カビに有効なのは漂白剤か、熱湯です。

漂白剤も熱湯も扱いを間違うと危険なので、使用する際は充分注意して、ゴム手袋やゴーグルなどで防備をしっかり固めましょう。

「──というわけです」

「バスルームで酢は使わない方がいい、と」

「はい。でも、漂白剤も熱湯も、カビにも菌にも有効ですよ。漂白剤は強い薬ですし、熱湯を浴びせられて平気な生物なんていませんからね」

「確かに、普通は死にますね」

「そうなんです。ですので、この二つは菌にも有効ですよ。キッチンで使う布巾《ふきん》を熱湯で茹《ゆ》でるようにして熱消毒するのは衛生的には有効ですし、漂白剤を入れた水につけおくだけでも消臭《しょうしゅう》や殺菌できたりします」

「漂白剤、あるといろいろ使えるんですね」

「はい。あと、ちょっと値は張りますけど、高温スチームを噴射するクリーナーとかがあると掃除がすごく捗《はかど》ります」

「あー、なんか深夜の通販番組とかで見たことあるような……」

　適当に受け答えしていたものの、話の内容は半分も澄人の頭には入っていなかった。

　何しろ、話している相手がバスタオル一枚のグラマラス美人なのだ。

　それだけでも集中力なんか保《も》つはずがないのに、来菜子が説明しながら動くたびにあちこちがいろいろ見えそうになったりタオルがめくれそうになったりして、目のやり場に困りつつも一切目が離せないというカオスな心理状態に目を白黒させていた。

「スチームにせよ熱湯にせよ、使うときは火傷《やけど》に注意してくださいね」

「……はい」

掃除以前に、目の前にいる半裸の女性の魅力で心が大火傷を負ってしまいそうであった。

「……あ、じゃあ、熱いって言ってたのは」

「はい、シャワーの温度を最大にして黒カビに当ててました。でも、シャワーの温度では最大にしても物足りないので」

「それで漂白剤を、と」

「はい。まあ、ないなら仕方ないです。じゃあ、汗を流しちゃいますね」

来菜子はそう言って、バスルームの中へと消えていった。

閉まったドアをぼんやりと見やりながら、澄人は、

——あー、まだ掃除しかしてなかったんだ……。

と、そんなことを思うのだった。


服を着て、バスタオルで髪を拭きながら、来菜子はバスルームから出てきた。

「シャワー、ありがとうございました」

どうして湯上がりというだけで女性は魅力的に見えるのだろうか。そんな普遍《ふへん》的な命題を頭の片隅で考えつつ、

「これ、使ってください」

澄人は来菜子にドライヤーを差し出した。

「あ、すみません、お借りします。ありがとうございます」

来菜子は素直にドライヤーを受け取った。

「いいえ、こちらこそ、部屋をこんなに綺麗にしてもらって、ありがたいやら申し訳ないやら」

「いえ、掃除はまだ終わってませんよ？」

ブオオオー、と濡れ髪にドライヤーの風を当てながら、来菜子は言った。

「……は？　え、こんなに綺麗になったのに……？」

「はい、まだまだ細かいところが残っていますから！」

見るからに心からの朗らかさで、来菜子は微笑んだ。

「あ、そうですか……あはは……」

「今度掃除の続きをしに来たいんで、連絡先を教えてもらってもいいですか？　あ、電話番号やメールアドレスじゃなくても、ＳＮＳとかでもいいですけど」

「あ、はい。ええと、スマホは……」

慌ててスマホを取り出して自身のアカウントを示しつつも、澄人は、

――これは間違いなくお掃除マニアだ……。職業柄《がら》だなんて言ってたけど、その域はとっくに超えてるでしょ……。

などと考えていた。

こうして掃除をしてくれたことをありがたいと感謝しつつも、そういう人なんだな、と半ば呆れ気味に、乾いた笑みを澄人は浮かべた。


いつの間にか眠っていた澄人が目を覚ましたときには、すでに夜は明けていた。

カーテンの隙間《すきま》から朝日が漏《も》れている。雀《すずめ》のさえずる声も聞こえてきている。

「あれ……?」

突っ伏したフロアテーブルから身を起こすと、肩から毛布がはらりと落ちた。

ちゃんと横にならずに寝てしまったせいか、身体のあちこちが強《こわ》ばっていて、ところどころ痛みもある。

そんな身体に鞭《むち》打って、「いてて」とか言いながら、澄人は立ち上がった。

綺麗に片付いた室内を見回すが、来菜子の姿はない。浴室兼トイレの方にも人の気配はまるで感じられなかった。

ただ、テーブルの上には一枚の書き置きがあった。

『始発が動く時間になったので帰りますね。一言お礼をと思ったのですが、あまりに気持ちよさそうに寝ていたので、起こさないことにしました。　　来菜子』

書き置きを読んで、澄人は苦笑した。

「お礼を言わなきゃいけないの、こっちだよなあ」

よくよく考えれば、とても変わった女性だった。

初対面の男の部屋に来て、掃除をして、帰っていく。

やたらと掃除に関する知識も技術も豊富で、嵐のようにそれを披露《ひろう》し、駆使し、気がつけば去っている。

部屋が片付いていなければ、きっと夢だと思ったことだろう。

──不思議な人だったな……。まあ、もう会うこともないんだろうけど……。

この先、実は彼女とは不思議と縁があって度々《たびたび》出会い、お世話になったりもするのだが、このときの澄人はそんなことを知るよしもないのだった。

幕間その一　女神の胸懐

澄人《すみと》の部屋での掃除を終えて、寝てしまった家主《やぬし》にそっと毛布を掛けて、書き置きを残して外に出たとき、もうすでに空は白《しら》み始めていた。

そろそろ始発が動きだす時間であることは確認済みである。ゆっくりと駅まで歩いていけば、ちょうど始発かその次の電車に乗って帰宅することができるだろう。

それにしても。

来菜子《きなこ》は、歩きながら思う。

――ホントに、なんにもされなかったなあ……。

そんなつもりはない、と最初にしっかり断っていた澄人ではあったが、男のそんな言葉を鵜《う》呑《の》みにするほど来菜子も世間知らずではなかった。

実のところ、来菜子は自暴自棄《じぼうじき》になっていた。

――そうなったらそうなったで、別にいいや。

職場での人間関係が最近上手《うま》くいっていない。その問題がもたらすストレスは、いつしか来菜子にそんなふうに思わせるまでに膨《ふく》れ上がっていた。

だから普段なら断る合コンの数合わせに付き合ったし、澄人の部屋についていったのも、なるようになれ、という投げやりな気持ちからだった。……もちろん、掃除をしたいという誘惑に負けたのも事実ではあったが。

——今思えば、かなりヤバかったのかも。

例えば、こんな展開だってあり得たかもしれない。


床を拭《ふ》いているときに、突然後ろから抱きつかれる。

「掃除なんかもういいでしょ。それより——」

息が耳にかかるような距離でそう囁《ささや》かれた。

背後から回された男の大きな手が胸を揉《も》みしだく。乱れた息と胸を揉む握力の激しさから、もう背後の男が止まれなくなっていることを来菜子は悟った。

「や、ちょ……」

「男の家についてきたってことは、OKってことでしょ?」

左手で胸を揉みながら、澄人は右手でスカートをめくり上げた。胸を揉む左手にもいっそう熱が籠《こ》もる。

「え、待っ……」

そしてその右手は下着にかかる。来菜子は身体をよじって逃れようとするが、背後からしっかりと抱《かか》え込まれていては、男性の強い力に抗《あらが》うことはできなかった。

「だめ……」

弱々しい拒絶の言葉は、もう相手の嗜虐心《しぎやくしん》をくすぐる媚薬《びやく》にしかなっていなかった。

そして、ついに下着も剝《は》ぎ取られて……。


そこまで想像して、来菜子は思わずプッと噴き出してしまった。

「さすがにそれは……」

澄人とは出会って間もないわけだが、そんなに積極的に襲いかかってくる様子というのがあまりに似合わない気がして、怖さや色っぽさより可笑《おか》しさを感じてしまった。

もちろん、今回何もなかったからといって、必ずしも澄人という人間の善良さを信用できるとは限らない。ただ、不思議と、「まあ、きっと彼は信用していいんじゃないか」と思わせるような何かが澄人にはあるように思えた。

――でも、シャワーまで借りて、バスタオル一枚の姿を見せたりしちゃってるし、あのときだって一歩間違えば……。


漂白剤がないと知り、バスルームに戻ろうとした来菜子の手首を、澄人が背後から摑んだ。

「シャワーヘッドなんかいいから。俺の×××を洗ってくださいよ」

そんなことを言いながら、澄人は来菜子を浴槽へと押しやって、自分自身もバスルーム内に入り込んできた。

そして、澄人はすでに全裸で仁王立ちしていた。

その股間《こかん》で屹立《きつりつ》している澄人の澄人自身は、五〇〇ミリリットルのペットボトルに迫ろうかという大きさにまで膨れ上がっていた。

「え、えぇ……」

驚き、息を呑む。来菜子の視線は、それに引き寄せられていた。あまりに堂々と誇示されたそれから目を逸《そ》らせない。

「さあ、洗って」

澄人は来菜子の右手を掴み、自身のそれへと導いた。

「は、はい……」

澄人のそれに触れた瞬間。来菜子は反射的にそれを包み込むように握っていた。硬さと熱さがダイレクトに掌《てのひら》に伝わってくる。

来菜子は膝《ひざ》をついて、左手でシャワーヘッドを持ってお湯を当てつつ、右手でそれをさするようにして洗い始めた。

膝をついたことで、すぐ目の前に位置することになった澄人のそれは、まるで以前に映画で見たエイリアンのようでもあり、なんだか可愛らしいこけしのようでもあった。

「じゃあ、次は口で――」

そこまで考えて、ついに来菜子は「あははは」と笑いだしてしまった。

——何を考えているのかしら、私ったら。

こほん、と咳払《せきばら》いをして、周囲を確認する。まだ薄暗い早朝の道に人影はない。よかった。と胸をなで下ろす。もし犬の散歩やジョギングをしている人がいたら、突然笑いだす不審者として怪訝《けげん》な目を向けられていたことだろう。

それにしても、強引に迫られるようなエロティックな妄想の相手役として、澄人は本当に似合わないな、と来菜子は苦笑いをした。

——でも、私ったら、あんな大きさで想像しちゃうなんて……もしかして、欲求不満なのかしら。

いずれにせよ、そうなるかもしれなかった可能性は否定された。

澄人は約束を守ったのだ。

下心はない、という自身の言葉を身をもって証明してみせた。

据《す》え膳《ぜん》食わぬは、などという言葉もあるが、さすがに今の時代ではそれもどうかと思ってしまう。

いやよいやよも好きのうち、などという言葉が通用したのも今は昔、昭和とかそれ以前の話である。

現代においてはイエスの意味はイエスで、ノーの意味はノーであるべきだと来菜子は思っている。

だから、来菜子は澄人がしっかりと約束を守り、理性を失わなかったことについては、少し驚きつつも、ちゃんとした人なんだ、と感じた。

——ちょっと頼りないような印象はあったけど、案外誠実な人なのかも……。

部屋が散らかっていたり汚れていたりしていたのも、本人がだらしないからというより、仕事が忙しすぎて暇《ひま》がなさすぎるのが原因のように思えた。

振り返ってみれば、コンパのときも、場をコントロールしていたのは澄人だった。

ハイスペックな商社のイケメンたちが目を引いたし、トークの中心にいたのも彼らだった。

しかし、話題が途切れないように要所要所で話を振ったり、みんなが会話に集中できるように飲み物の量に気を配ったりしていたのは澄人だったように思う。

それに、店員に対しても言葉使いは丁寧《ていねい》で、フードやドリンクを運んできてくれれば「ありがとうございます」と言いながら受け取り、空《から》になったグラスや皿を「下げてください」「これもお願いします」と言いながら渡していた。

そうした穏やかさや品のよさも、来菜子としては好感触だった。

——もしかしたら、彼ってすごく有能な人なのかも……。

ぼんやりとそんなことを考えながら駅の改札を抜け、ホームに出て、始発電車に乗り、一人暮らしをする自分の部屋へと帰る。

改めてシャワーを浴び、メイクを落とし、下着を着けただけの姿で歯を磨いて、洗い髪をドライヤーで乾かす。

その頃には、すっかり張り詰めていた神経も緩《ゆる》んでしまい、かなりまぶたが重くなっていた。

髪を乾かし終えて、下着姿のままベッドに身を投げ出した。

——また、会えるかな。

まどろみながら、ごく自然に、来菜子は澄人の顔を思い出していた。

たまたま合コンで出会って、たまたま終電がなくなったから部屋で掃除をさせてもらっただけの関係である。

それだけの関係なのに、彼の部屋で掃除をしたり会話を交わしたりしている間は、仕事のイヤなことを忘れることができていた。

ただただ、楽しかった。

——また会いたいな。また世話を焼きたくなる、なんだか不思議な人……。

そんなことを思いながら、来菜子は眠りへと落ちていった。

「ふふふ、ガチガチになってるじゃないですか」

来菜子《きなこ》の妖艶《ようえん》な声が、澄人《すみと》の部屋に響く。

「あっ、瀬和谷《せわや》さん、ちょ、待っ……」

情けない声が漏《も》れる。

「辛《つら》いでしょう？　すぐに私が楽にしてあげますからね」

「うっ、ちょ、ああっ、それは気持ちよすぎるというか……」

身をよじろうとして、ベッドがギシリと鳴った。

「もっと、もーっと気持ちよくなりますから、身体の力を抜いて、私にすべてを任せてくださいね」

馬乗りになった来菜子が、組み敷かれた澄人の自由を完全に奪ってしまっている。どうやら来菜子は、遠慮させる気も逃がす気もないようだった。

「うあ――」

合コンのあとに部屋を掃除してもらうという異次元的な出会い方をした澄人と来菜子だったが、連絡先は交換しても、その後に積極的に連絡を取り合うということはなかった。

というか、あの日、寝てしまった澄人が目を覚ましたら来菜子が帰ってしまっていたということもあって、それがなんとなく気恥ずかしくて、連絡を取るにしても何を話していいやら迷っているうちに何日か経《た》ってしまっていた。

けれど、どうやらまだ縁があったようで、その日、奇跡的に再会することになった。

それは、夜、仕事を終えて澄人が家へと歩いているときのことだった。

――今日も仕事がメチャメチャしんどかった……。身体全体がバキバキなんだが、この調子で今週保《も》つのか……？

脚が重い。

腰も痛い。

肩も首も凝《こ》りがひどい。

足を引きずるように、夜道をとぼとぼと歩く。

――ああ、もう辞《や》めたい……。

澄人が真剣に人生の在《あ》り方について考えていると、背後から、

「あれ、織部谷《おべや》さんじゃないですか。今お帰りですか？」

と声をかけられた。

「瀬和谷さん？　あいてて」

振り返るために身体をひねって、澄人は痛みが走った腰を押さえた。

「大丈夫ですか？　どこかお怪我《けが》でも？」

来菜子が澄人に駆け寄った。

「いや、お恥ずかしい。日々の激務で肩凝りや腰痛がひどいだけです」

あははと笑ったが、身体のあちこちの痛みは笑い事ではなかった。

それに対して、来菜子の表情が変わった。一瞬、驚いたような恍惚《こうこつ》としたような、そんな顔をして、

「まあ、それは大変。もしよろしければ、マッサージしましょうか？」

と真顔で一歩、距離を詰めてきた。

「えっ、でも、それって掃除と違って本業に含まれることですよね……？」

「そうですねえ、多少は。美容目的のマッサージと、凝りをほぐすそれとではちょっと違いますけど」

「さすがにそれをお願いするのは……」

申し訳なさすぎる、と続ける前に、ずいっと来菜子が一歩踏み込んできた。

「ダメですよ！　ただの肩凝りだとか、甘く見てると怖い病気が潜《ひそ》んでるかもしれないんです

から」

　真剣な顔で、来菜子は言った。

「え、そうなんですか……？」

「それに、これも私の趣味みたいなものですから」

「誰かを健康にする、でしたっけ……？」

「はい、そういう趣味の者としては見過ごせません」

　来菜子は真剣な顔を少し崩して、にっこりと微笑んだ。

「それに、たかが肩凝りと思って油断したらダメですよ。もしかしたら大きな病気のサインかもしれないんですから」


【豆知識・マッサージ編】

　ほとんどの場合、身体の凝りは時間が経てば治るものです。

　しかし、長引く場合は単なる酷使や疲れが原因ではない場合もあります。リウマチや心筋梗《しんきんこう》塞《そく》などの予兆として現れる場合もあるので、長引くようなら一度専門医の診察を受けた方がいいでしょう。


「さ、さすがにそれは大げさなのでは……」

「ダメですよ。どんな病気も、早期発見が助かるかどうかの分かれ道ですから。過度に怯《おび》える必要はないですけど、おかしいと思ったら検査を受けた方がいいですよ」

「いやあ、それはわかってるんですけど、働いてるとなかなかタイミングが……」

「だからこそ、私にケアをさせてくださいね」

　そう言われてしまえば、もはや断れる雰囲気でもなくなってしまった。

＊

　前に来菜子が澄人の部屋に訪れたときから、もう何日か経っている。しかし、澄人の部屋はなんとか綺麗な状態を保っていた。

「じゃあ、まずは軽く頭皮のマッサージから始めましょうか。座ってください」

　部屋に上がるなり、来菜子が言った。

「は、はあ。頭皮……？」

　言われるままにフローリングの床に座りつつ、澄人は問うた。

「あ、今、こう思いましたね？　痛むわけでもないのに、頭皮なんかマッサージして何の意味があるんだ？　って」

「……はい、正直、そう思いました」

「凝りって、多くの場合は血行不良なんですよ？　頭皮に血が行き渡らないと、何がダメージを受けると思いますか？」

「ええと……あ、髪の毛!?　ま、まさか、放置するとどんどん抜けていったり……？」

「という説もあります」

将来的に髪がたくさん抜けてしまうかもしれない、というのはいかに澄人が若くとも恐怖であった。おそらくは澄人のみならず、全世界の男性の大半が恐怖を抱《いだ》くであろう深刻な問題であった。

「是非ともお願いします……！」

「素直で大変結構です」

来菜子は澄人の背後に回り、澄人の肩に肘《ひじ》を乗せるようにして両手でその頭に触れた。そして指の先で頭皮をずらすようにマッサージを開始した。

――うわ、後頭部に吐息《といき》が……。

美しい女性との近すぎる距離感に、澄人の心臓はどんどん鼓動を速めていった。

「ああ、思った通り、頭皮もガチガチに凝ってますねぇ」

――ちょ、息どころか、首筋とか肩の辺りに柔らかい感触がちょくちょく触れてるんですけど!?

「どうです？　気持ちいいですか？」

「は、はい、とても……」

そもそも、他人に頭を優しく刺激される、ということ自体が心地いい。

しかも、

――頭皮より首とか背中に当たる感覚が気持ちいいです、なんてとても言えない……。

というのが澄人の現状なのである。

頭のリズミカルなマッサージの刺激と、頭の刺激に合わせて後ろから身体に当たるムニュッとした極上の感触。

もはや天国とさえ言ってよかった。

「こうして指の腹でゆっくり揉《も》むのは、自分でやるのも効果的ですよ。でも、やりすぎると逆効果で髪の毛によくない、という説もあるので、やりすぎには注意してくださいね」

「はい……」

来菜子は説明しながらもマッサージの手は止めない。

頭皮に刺激が来る度《たび》に、首や肩にも頭皮以上に気持ちいい刺激がやってくる。波のように寄せては返す指の動きに、もはや澄人は夢心地だった。

――話が全然頭に入ってこない……。

「じゃあ、せっかくなので、このまま肩凝り対策に移りますね」

来菜子は澄人の頭から手を離し、後頭部と首の境界辺りに親指の付け根を当てて、皮膚《ひふ》を寄せるように左右から内側に寄せた。そのまま頭皮を上に持ち上げ、小さな円を描くようなマッサージを開始した。

「おお、これは……！」

先ほどまでの頭皮マッサージとは違い、凝りに直接アプローチするような、やや痛みを伴《ともな》う気持ちよさがあった。

不快な痛みが蓄積しているところへ、快感を伴った痛みが切り込んでくるような感覚。徐々に不快な痛みが、刺激によって解きほぐされていく。

「首の疲れも肩凝りの原因になりますから。特に、お仕事でパソコンを見続けたりしてると、どうしても首が疲れますからね」

「それは、思い当たるフシがあります……」

「このマッサージは自分でもできますから、この感覚、覚えてくださいね。親指の付け根でこうやって回すだけですから」

「助かります」

「じゃあ、本格的に凝りをほぐしていきますね」

来菜子は両手を澄人の肩に置き、ゆっくりと肩を揉み始めた。

「ふふふ、ガチガチになってるじゃないですか」

言うまでもなく、肩の凝りの話である。

「あっ、瀬和谷さん、ちょ、待っ……」

凝った部分を直接刺激されて、澄人は裏返った声で言った。気持ちいいと思いながらも、その痛みから逃れるように反射的に身体が動いてしまう。

的確に凝った部分を突いてくる来菜子のマッサージは、鈍《にぶ》い痛みを伴った気持ちよさが強烈だった。

「辛《つら》いでしょう？　すぐ私が楽にしてあげますからね」

もちろん、肩凝りの話である。

「うっ、ちょ、ああっ、それは気持ちよすぎるというか……」

痛さと気持ちよさに悶《もだ》えながら情けない声を上げる澄人の反応を楽しむように、来菜子はくすりと小さく笑った。

「もっともっと気持ちよくなりますから、身体の力を抜いて、私に全部任せてくださいね」

マッサージで、という言葉が省略されているのは言うまでもない。

「うあ――」

漏《も》れ出す声を抑えることができない。

その声の情けなさは、澄人自身、現在進行形で恥ずかしくなるほどだった。

――女の子に声が漏れるくらいいいようにされてるって、考えようによってはすごくいかがわしいというか……。

そう考える間にも、情けない声は漏れ続けている。

頭皮マッサージのときのように彼女の大きすぎる胸が触れることはなくなったが、そのぶん、頭のすぐ後ろまで迫った息づかいがあまりに近い。

その距離感が、頭や耳にかかってしまいそうな吐息の甘さが、マッサージの気持ちよさと相まって澄人の脳を蕩《とろ》けさせていった。

――肩。メッチャ気持ちいいけど、頭皮マッサージのときの背中に当たる感触が名残《なごり》惜しいような気も……。

何しろ、グラビアアイドルや芸能人を見渡しても相当上位に食い込みそうなサイズである。それがマッサージのリズミカルな動きに合わせて背中に触れる状況だったのだから、生まれてから彼女いない歴更新中の澄人としては天国という表現ですら生ぬるいレベルであった。

――いやいや、何を考えてるんだ！　厚意で俺の身体を気遣《きづか》って、こうして家に来てマッサージまでしてくれてる人に対して……！　さすがに人としてダメすぎるだろ！

澄人の天使な部分がかろうじて罪悪感を主張するも、

――ああ、それにしても、なんて気持ちいい……ちょっと痛いくらいの力加減が絶妙すぎて……！

今現在のマッサージの気持ちよさがあまりに至高すぎて、すぐにどうでもよくなってしまうのだった。

しばし、肩をほぐしてもらう至福の時間が過ぎたのち、来菜子が、

「えっと、それから」

と言いつつ、マッサージの手を止めた。

そして、来菜子は澄人の前に回って、腰を下ろした。

「これも簡単に覚えられる肩凝り対策です。えっと、鎖骨《さこつ》があるじゃないですか」

来菜子は自分の鎖骨を指で示して、首元から肩に向けてすーっと鎖骨をなぞった。

自然と視線が胸元付近に誘導されるわけで、すぐそばという距離感も相まって、澄人は話を聞きながら顔が赤くなるのを感じていた。

「この、鎖骨の外側の端っこにある突起《とっき》に触れながら、ここが動くのを意識して、こうやって腕をぐるぐると回すんです」

言葉通り、来菜子は鎖骨の端に触れたまま、片腕をぐるぐると回してみせた。

腕が回るほどに、その動きに合わせて、来菜子の豊かな胸も上下に揺れる。どうしても腕の動きより躍動的な胸の動きに目が奪われてしまい、来菜子の言葉の意味を理解するのに澄人は数秒を要してしまった。

「私も肩凝りはひどいんで、対策についてはいろいろ調べたんですよ」

「でしょうね」

揺れている大きな塊《かたまり》を見れば、それは想像に難《かた》くなかった。

「……じゃなくて、ええと、こうですね」

いかんいかん、と視線を揺れる胸から引き剝《は》がして、澄人は見よう見まねで腕をぐるぐると回した。

「もう少し、鎖骨に触れるのはこの辺で……ちょっと失礼」

来菜子は澄人のネクタイに触れ、しゅるりと外し、襟元《えりもと》のボタンも外して、首元をはだけさせた。

女性の手で服を脱がされる。

その時点で、心臓が高鳴る。

しかも、来菜子は澄人のはだけた鎖骨にそっと指で触れて、つぃーっとなぞった。

その感触が少しくすぐったくも気持ちよく、澄人はドキドキしっぱなしだった。

「ここです、ここ。この部分を意識して腕を回してください」

「は、はい……」

「この方法に限らず、腕を回す、というのは肩凝りに効果があるので、定期的にやるとかなりマシになると思いますよ」

「なるほど」

「じゃあ、次は腰のマッサージをしましょう。腰も痛むんですよね？」

「はい、生活に支障があるほどじゃないですけど……」

「そこまで悪化してたら、即病院行きですよ。それに、軽い症状も放置すれば悪化することもありますから。腰が悪くなると、日常生活がすごく困難になりますから、ホントに注意してくださいね」

「……はい」

「じゃあ、ベッドにうつ伏せに寝てください」

澄人は素直に指示に従い、ベッドに横たわった。

そのあと、ぎしりとベッドが鳴って、来菜子もベッドに上がってくる。

――やることがマッサージだってわかっていても、さすがにこのシチュエーションはヤバいって……！

「ちょっと失礼しますね」

来菜子が澄人のお尻辺りに跨《また》がった。

「腰はどの辺りが痛みますか？　ここはどうですか？」

来菜子の親指が腰の少し上辺りの背骨のわきをグッと押し込む。

「うっ、その辺り、結構痛いです……」

「ここは？」

来菜子の指が少し場所を変えて、また同じくらいの力でグッと押す。

「そこはそんなでもないです」

「じゃあ、こっちは？」

そんなことを何度か繰り返して、来菜子は澄人の腰の痛む箇所を割り出し、一番痛む場所を重点的に揉みほぐしていった。


【豆知識・マッサージ編】

指先で痛いところを探して、その近辺の筋肉を押して二〇秒程度で放す、というのを自分でも一日七、八回を目安にやるセルフマッサージは手軽で効果的です。

これは『虚血性圧迫法』というやり方です。圧力をかけて血流を止めてから解放することで反動で一気に血流を促《うなが》します。凝りというのは筋肉が張っている状態なワケですが、その大半が血行不良によるものなので、血流を促進することで解消しようというのがこの方法の基本的な考え方です。

自分でやるとなると力加減が難しそうに思えるかもしれませんが、痛気持《いたぎも》ちいいくらいが目安です。

筋肉をほぐす意識で、ゆっくりと、一カ所につき二〇秒くらいやってみましょう。

それでも凝りや痛みが長引く場合は、きちんと専門医の診察を受けてください。セルフケアは応急手当みたいなものにすぎません。

それから、専門医に違うやり方を指導されたら、そちらを優先してください。人体には個人差がありますので、専門家があなたの身体に合わせたメニューを考案してくれたのなら、そちらの方が確実です。


「……ああ、そこ、すごく気持ちいいです」

マッサージをされながらだと、何気なく出した声が度々《たびたび》裏返ってしまう。

その声を自分でも情けなく思いながらも、来菜子の指がぐっと腰を押す度に快感を伴った鈍い痛みが走り、そんな思考すら蕩かしていく。

「ここですね」

リズミカルに、来菜子は腰へのマッサージを続けた。

「マッサージ、すごく、うっ、上手《うま》いですよね」

「ふふ、ありがとうございます。私の実家、両親ともわりとガテン系の仕事をしてまして。身体のあちこちが凝ったとか痛いとか、日常茶飯事《さはんじ》だったんですよ」

「あー、それで」

何気なく語られた来菜子の家庭事情は、澄人にとっては少し意外だった。言葉遣いや物腰から、来菜子はきっと育ちがいいのだろう、と思っていた。

もちろん、ガテン系にもいろいろあるだろうし、肉体労働者であることと生活レベルの高低や家柄《いえがら》などは関係ないのだが、抱いているイメージというものはなかなか覆《くつがえ》しがたいものだ。

「はい。結構小さい頃から両親に肩だの腰だのを揉んでくれと頼まれているうちに、慣れてしまったというか。あとは、どうせなら喜んでもらおうって指圧の勉強したりしてるうちに、ね」

――そこで指圧の勉強をしよう、と思うあたりが、幼い頃から瀬和谷さんは瀬和谷さんだったんだなあ……。

「あとは、父は休日には近所の少年野球チームの監督もやっていたので、スポーツ医学とか疲労のケアとか、そういう本も家には普通にあったんですよね。そういうことも、もしかしたら関係あるのかも」

「なる……ほど」

――ああ、すごく気持ちいい……。上に乗った瀬和谷さんの重みや温かさも全部ひっくるめて、まるで天国だ――。

話が半分くらいしか頭に入ってこない。

最初こそ痛気持ちいい感覚の痛さの方に声を上げてしまっていた澄人だったが、慣れてくると気持ちいいの方がじんわりと身体中に満ちていくようだった。

今となっては鈍い痛みも心地よく、仕事の疲れも相まってまどろみが心を塗り潰《つぶ》していくようだった。

ちらりと目を横に向ければ、部屋にあるテレビが目に入った。何も映していない真っ暗なテレビは、澄人と澄人に跨がる来菜子の姿を映していた。

——自分の上に馬乗りになった女の子が、マッサージのためとはいえ上下に動いてるのって、なんか淫靡《いんび》だなあ……。

「ふふふ、この辺り、気持ちいいんじゃないですか？」

「ああ、そこ、すごくいいです……」

「溜まりすぎですよ」

疲れとか凝りとか、溜まっている自覚はもちろんある。

「そんな……」

「こんなに固いなんて、私、初めてです」

当然、凝りの話である。

——ああもう、会話の内容もエロくしか聞こえない……。

そんなことを考えてはいけない、という天使の叱咤《しった》さえも、心地よいまどろみに飲み込まれていく。

——でも、瀬和谷さんみたいに美人で、スタイルもよくて、世話好きで、優しい彼女とか、いてくれたら幸せだろうなあ……。

まぶたが重くなっていく。

仕事の疲れと、マッサージの心地よさと、自身のベッドで横になっているというすべての状況が、澄人を眠りへと誘《いざな》っていく。

それに抗《あらが》えるほどの気力は、仕事終わりの澄人には残っていなかった。


また、目覚めると朝だった。

そして、前回同様、テーブルには書き置きが残されていた。

『起こすのもどうかと思ったので帰ります。大きなお世話ですけど、根本の働き方を見直すのも重要ですよ！　それでは、お大事に。　来菜子』

書き置きを読みながらあくびを嚙み殺して、脳が覚醒するのを待つ。

ふと、肩に触れてみて、澄人はいつもよりずっと楽なことに気がついた。

「お？」

肩を回してみる。

次いで、首を回してみて、腰をいろいろな方向に曲げてみる。

「これは……効果テキメン……！」

身体が驚くほど楽で、まるで高校生か大学生の頃の寝起きのようだった。

——これはありがたい……！

何度お礼を言っても追いつかない。そう思いつつも、一度合コンで一緒になっただけでここまで親身になってくれる善意の塊のような来菜子という存在に、とても不思議さを感じていた。

澄人は清々《すがすが》しい笑顔でカーテンを開けた。

朝日が部屋いっぱいに差し込んでくる。そのまぶしさに目を細めつつも、澄人は一度大きく伸びをした。

「さーて、今日も頑張るか！」

「もう少しでできますから、待っててくださいね」

そう言って微笑む来菜子《きなこ》は、まるでエプロンだけを身に着けているように見えた。

「あ、はい……」

料理ができるのを邪魔をせぬようにと見守る他ない澄人《すみと》は、ただただその張りのある脚の美しさや、フライパンを揺する度《たび》に連動して震える大きな胸の躍動に見入ることしかできなかった。

——自分の部屋で女の子が料理を作ってくれるって、いいなあ……。

ついつい頬が緩《ゆる》み、口元がニヤけてしまう。

——まるで同棲《どうせい》とか、新婚みたいだ……。

一度そう考えてしまえば、もはやその想像を止めることはできなかった。

「お帰りなさい、あ・な・た」

エプロン姿の来菜子がしなだれかかってきて、澄人のネクタイにすっと手を伸ばしてきた。白く美しい指がしゅるりとネクタイを緩め、外す。

「ご飯にします？　お風呂に先に入ります？」

ネクタイを外した来菜子の指が、今度はワイシャツのボタンを上から順に一つ、二つ、と外していく。

そして、少しはだけた胸元に来菜子の指が入り込んできた。

「そ・れ・と・も……」

はだけた胸元に、来菜子の吐息《といき》がかかる。

「いや、えーと……」

腕の中で、来菜子は色っぽく上目遣《うわめづか》いに澄人を見上げた。

「もちろん、私、でしょ？」

大きな吸い込まれそうな瞳が、超至近距離で期待に満ちたような、少しいたずらっぽいような色を湛《たた》えている。

「……はい」

そんな視線に、腕の中に感じる温《ぬく》もりに、胸板に押しつけられた柔らかい感触に抗《あらが》うことなどできるはずもない。

澄人は来菜子を抱きしめるように腕を腰に回し、エプロンの結び目を――

——ああっ、ダメだダメだ！

ぶんぶんと頭を振って、澄人は我に返った。

——わざわざ俺のためにご飯を作ってくれてるのに、こんな妄想するとか、最低すぎるだろ……！

来菜子はといえば、そんな澄人の様子には気づいた様子もなく、料理に集中していた。

そもそも、なぜ澄人の部屋で来菜子が料理をしているのかというと、それは遡《さかのぼ》ること一時間前のことである。

＊

夜の街を、澄人は足を引きずるようにして歩いていた。

——今日も疲れたなあ、腹減ったなあ。

言うまでもなく、澄人はスーツ姿である。誰がどう見ても、仕事帰りの、ちょっと疲れ果てたサラリーマンであった。

——でも、この時間なら、近所のスーパーで弁当やお惣菜《そうざい》が半額になっているはず。とりあえず半額の唐揚《からあ》げ弁当か焼き肉弁当をゲットできれば、この疲れだって満足感で相殺《そうさい》できるはず……！

澄人はスーパーに入り、迷うことなくお弁当のコーナーへと直行した。

そして、絶望して、手にしていた買い物かごを床に落とし、膝《ひざ》をついた。

「マジか……」

お弁当もお惣菜も、綺麗さっぱり売り切れて、ほとんど何も残っていなかった。残っていたのは天ぷらコーナーの片隅の『てんかす（三〇円）』のパックだけという惨状だ。

——いくら安くても、天かすだけでどうしろと……。

とにかくふらふらと立ち上がり、疲れた頭に鞭《むち》打ってプランBを模索《もさく》し始めた。

と、その瞬間。

「織部谷《おべや》さん」

最近よく聞いた声が背後から飛んできた。

振り返ると、そこには来菜子の姿があった。

ジョギングでもしていたのだろうか、タオルを首に掛け、タンクトップに短いマラソンパンツといういでたちである。

「せ、瀬和谷《せわや》さん……」

しかし、疲れた頭でも疑問が浮かんで、澄人は首を傾《かし》げた。

「スーパーの中でジョギングですか？」

「いえ、まさか。ジョギング中にお醤油切らしているのを思い出して、買いに寄ったんですよ」

「あー、なるほど」

「それから、もしかしたら織部谷さんに会えるかな、と思って」

「え」

思わずドキッとしてしまって、澄人は平静さを装《よそお》うのが大変だった。

「これ」

来菜子がスマホを取り出し、画面を澄人に向けた。

そこにはSNSが表示されており、

『やっと仕事終わった……。腹減ったー、近所のスーパーで半額弁当を買って帰ろう』

という澄人の呟《つぶや》きが表示されていた。

「あ、それ、俺が電車の中で書き込んだ呟き……」

「織部谷さんの近所のスーパー、だったらここかな、と思って」

にっこりと来菜子が笑った。

「正解です」

「それで、お弁当はもう買ったんですか?」

「それが、半額弁当狙いのつもりだったんですけど、今日は全部売り切れちゃってて、困り果ててるんです」

来菜子は売り場を見て納得顔をしてうなずき、視線を澄人に戻した。

「ところで、もしかして、ですけど……」

来菜子は何かを探るような目で澄人を見据える。

「毎日お弁当ですか？」

そう訊《き》かれると少しバツが悪い気がして、澄人は視線を泳がせつつ頭を掻いた。味が濃く、油物が多い弁当は身体に悪かろう、という自覚は澄人にもある。

「うっ、まあ……。帰りがこんな時間ですし、明日も仕事なんで、なるべくサッと食ってさっさと寝たいんですよ」

来菜子はやっぱり、とでも言いたげな顔で、しかしなぜか歓喜に満ちたような表情を一瞬見せて身もだえた。

「あ、あの……？」

「いえ、その……まあ、お疲れなのはわかりますし、コンビニやスーパーのお弁当を悪く言う気はないですけど、そればかりというのも考えものですよ」

「あ、はい……。わかってはいるんですけどね」

澄人は苦笑いしつつそう答えた。

「仕方ないですね。じゃあ、今日は私が何か作りましょうか？」

「えっ」

そう言われて、澄人はドキッと心臓が高鳴るのを感じた。

——それってつまり、今から瀬和谷さんが俺の部屋に来るってこと……？

もちろん、来菜子はもう何度も澄人の部屋を訪れているし、なんなら始発の時間までいたことすらあるわけだが、さらに料理をしてくれるとなれば、女性経験の乏《とぼ》しい澄人としては、胸が高鳴る一大イベントが急に発生したようなものだった。

「でも、さすがに申し訳ないというか……」

「いいえ、食事は健康と美容の基礎の基礎です。ちょっと織部谷さんの食生活は見ていられないので」

「弁当を買いそびれたのを見つかっただけでそこまで看破《かんぱ》されますか」

「キッチンの様子を見て、お部屋の掃除をすれば、食生活なんか簡単に想像できますよ」

優しい口調ではあったが、有無《うむ》を言わさない強さがあった。

「ごもっとも……」

もはや反論の余地など残っていなかった。

「じゃあ、食材を揃《そろ》えましょう。ちなみに、夕飯はどのくらいの予算でまかなうつもりだったんですか？」

「ええと、半額弁当が二五〇円、何かもう一品半額のお惣菜を買ってもいいかな、って思ってたので、四五〇円くらいですね」

来菜子は何かを目算するように数秒考えて、

「じゃあ、それに収まる材料で作りましょうか」

と微笑んだ。

「あ、でも、俺の部屋、調理器具とか調味料、ほとんどないですよ」

「冷凍餃子《ギョウザ》を焼くフライパンはあるんですよね？」

「それはありますけど、逆にそれ以外はないっていうか。包丁とまな板もないっす。電子レンジはありますけど、炊飯器はないですね」

「そういえば見ませんでしたね……。確かに、自炊って初期投資が最初のハードルになるんですよね」


【豆知識・自炊編】

自炊は経済的。

よく聞く話ですが、それは半分正解で、半分間違いです。

より正確な言い方をするのなら、『調理器具や調味料などが一通り揃っていて、手間と工夫を惜しまないなら安くなる』となります。

包丁、まな板、鍋やフライパンはもちろん、食材を保管する冷蔵庫も大きなものが欲しくなりますし、電子レンジにオーブン機能がついているかどうかでもやれることが変わってきます。

そこに醤油や塩、砂糖、味噌、油、香辛料《こうしんりょう》などが揃っていることが前提で『自炊は安い』という話が始まるので、ゼロから自炊を始めようとすると意外と物入りなのです。

ただ、そうした初期投資のハードルを乗り越えてしまえば、外食や中食（お弁当やお惣菜など）よりは健康的な食事を割安で作ることができるようになる……ための準備が整います。

「あー。確かに、俺みたいに鍋とか包丁から買わなきゃいけないなら、安くはないですもんね」

澄人は納得したようにうなずいた。

「そうなんです。一度買い揃えてしまうと、あとは楽なんですけどね。でも、初期投資も自炊の頻度《ひんど》が低いなら割高になっちゃいますし」

「それについては自信ないっすね……」

「お仕事が忙しいと、そういう余力もなくなっちゃいますもんね。でも、自炊の方が圧倒的に身体にいい食事になると思いますよ」

「……ですよね」

そこで話を切り上げて、来菜子は「じゃあ、材料を見繕《みつくろ》いましょう」と澄人が落とした買い物かごを拾い上げた。

そして先に立ってお弁当売り場から離れて、まずは精肉売り場へと向かう。

「まずは鶏肉《とりにく》です。包丁がないなら、唐揚げ用にカットしてあるパックにしましょう。国産にこだわらなければ、鶏肉は安いものもありますから」

「あ、鶏肉もちょうど見切り品シールが貼ってるのがありますね」

「ラッキーですね」

来菜子は嬉しそうに値引きシールが貼られた鶏モモ肉のパックを買い物かごに入れた。

「それから……」

来菜子は野菜売り場で一〇〇円ほどのぶなしめじのパックと、レトルト食品コーナーで湯煎《ゆせん》するタイプのトマト系パスタソース、そしてパン売り場で五個入りのロールパンをピックアップして買い物かごに入れた。

「これでだいたい予算目一杯ですね」

しかし、来菜子はそのままレジには向かわなかった。

「あと、これは私からのおごりというか、是非食べてほしいものなので、お金は私が出します」

そう言いながら、来菜子は冷凍食品のコーナーへと向かって、冷凍ブロッコリーを買い物かごに入れた。

「あ、ありがとうございます」

「いえいえ。じゃあ、これを買って織部谷さんの部屋に行きましょうか」

＊

買い物袋を手に澄人が自分の部屋のドアを開けると、その後ろから来菜子がついてきて、一緒に部屋へと入る。

なんだかそれだけで妙に照れくさいやら嬉しいやらで、澄人は舞い上がってしまいそうだった。

「お邪魔します。じゃあ、さっそくお料理しちゃいましょうか」

来菜子はどこからともなくエプロンを取り出し、そのまま手慣れた様子で装着した。

「なぜジョギング中にエプロンを持ってるんですか……？」

「ふふふ、こんなこともあろうかと思って」

「そんなものを持ち歩くほど頻繁《ひんぱん》に、ジョギングしてて誰かに料理を振る舞うなんてこと、あります……？」

「あるわけないじゃないですか。織部谷さんくらいですよ」

「ですよね……。すみません」

「いえいえ、私も好きでやってることですから。世話の焼き甲斐がある人と巡り会えて嬉しいですよ」

結局、なぜエプロンを持ち歩いているかはわからずじまいである。

——やっぱり不思議な人だ……。いや、俺に会えるかも、と思って来たって言ってたし、まさか、最初から料理をするつもりで……？　いやあ、そんなこと……さすがにそれはないと思う……けど……。

そんなことを思う澄人をよそに、来菜子はフライパンを取り出して料理の準備を始めていた。

「今日は私が作りますけど、織部谷さんが自分でも作れるように極力レシピを簡素化してお教えするので、覚えてくださいね」

「はあ」

「まず、鶏肉を焼きます。皮を下に少し加熱すれば脂《あぶら》は出てくるので、テフロン加工のフライパンなら油を引く必要はないです」

言いながら、来菜子は火にかけたフライパンに鶏モモ肉を並べていく。

ほどなくして、ジュージューという音とともに、鶏肉の皮が焼ける香ばしさが漂ってきた。

「で、脂が出てきたら、キノコを適当なサイズに千切って入れます。包丁があるなら、タマネギなんかを入れても美味《おい》しいですよ」

「包丁もなくてすみません」

「いえいえ。で、ときどきひっくり返したりしながらお肉を焼いていって、表面の色が変わってきたらこのトマト系パスタソースを入れて、火を弱めてじっくりと煮込むように火を通していきます。基本的にはこれだけです」

「パスタソースをパスタ以外に使うんですか」

「はい。もともとパスタソースは美味《おい》しく味が調《ととの》っているので、焦《こ》がしたり生煮えだったりしなければ失敗はありません」

「なるほど、確かに」

「本当は、鶏肉に下味をつけたり、いろいろ手をかけるともっと美味しくなるんですけどね。でも、自炊って面倒だと続かないので、まずはとにかく楽に作れるよう考えました。なんちゃってチキンのトマト煮です」

「そう聞くとちゃんとした料理みたいだ……！」

「煮込み系の料理なので、ソースをつけて食べるとパンにも合いますしね」

「じゃあ、煮込んでいる間に冷凍ブロッコリーをレンジで解凍しましょう」

「一緒に煮込んじゃえばいいのでは？」

「いえ、ブロッコリーは煮込むとつぶつぶのつぼみが散らばっちゃって見た目が悪くなりますし、茹《ゆ》でたり煮たりするとせっかくの栄養素が溶け出してしまうので」


【豆知識・自炊編】

栄養満点のブロッコリーですが、特に豊富なのがビタミンCです。ビタミンCは水溶性なので、茹でたり煮たりするとせっかくのビタミンCが溶け出てしまいます。

もちろん、茹でたブロッコリーが美味しいから茹でる、というのはありですが、栄養学的には蒸したり電子レンジで加熱するのがよいとされています。これは冷凍ブロッコリーだけでなく、生のブロッコリーでも同様です。

お湯を沸かす手間も省《はぶ》けるので、ブロッコリーは是非電子レンジを活用して加熱しましょう。


「へえ……。あ、じゃあ、ブロッコリーの解凍は俺がやりますよ」

「すみません、お願いします」

「えっと、耐熱容器は——ちょっと失礼」

澄人はコンロの上にある棚の扉を開け、中から容器を取り出そうと手を伸ばした。自然、コンロの前で料理をしている来菜子のすぐそばに立つことになる。

「あ、私が取りますよ」

来菜子も背伸びをして棚に手を伸ばした。

棚の手前で、二人の手が意図せず触れ合った。

ハッとして二人が動きを止める。時間が止まったような空気感の中、フライパンの中のトマトソースがグツグツと煮える音だけが二人の間を流れていった。

自然と、お互いの視線が絡《から》み合う。

その距離は、あと少しどちらかが前に出れば唇が触れ合いそうなほど。

——唇が……。

　このまま、少し近づけば。

　このまま、少し首を伸ばせば。

　もし、今、彼女が目を閉じてくれたなら――。


　棚に伸ばした手を引き戻して、彼女の頬に触れた。

　ピクリと一瞬身を震わせて、しかし来菜子は、嫌がる素振りを見せずに静かに目を閉じる。

その流れに身を任せるように、澄人はそっと唇を重ね合わせた。

　同じ唇とは思えないほど柔らかい感触に、澄人は夢中になった。最初はためらいがちに、しかしすぐに激しく求めるように、彼女も澄人の首にしがみつくように腕を回してくる。

　長い長いキスのあと、来菜子はちょっと照れたように澄人から目を逸《そ》らし、料理に視線を移した。

「あ、お料理、味見します？」

　来菜子は澄人の腕の中から逃れ、スプーンでトマトソースをすくった。

　そして、

「はい、あーん」

　と、それを澄人の口へと持っていく。

　その途中で、ポタリ、とスプーンからソースが落ちた。落ちたしずくは、吸い込まれるように豊かな胸の谷間で弾《はじ》ける。

「熱っ」

来菜子が顔をしかめた。

「大変だ！　早く脱がないと！」

「えっ、でも……」

「いいから、じっとしててください」

澄人はエプロンの肩紐《かたひも》に手をかけた。

そのまま落ちたソースに唇を寄せていく。

胸元の柔らかい肉に舌が触れた。

「あんっ……」

びくりと彼女の身体が震え、口から甘い吐息が漏《も》れた。

その反応に脳が痺《しび》れるような感覚に陥《おちい》り、澄人はエプロンの肩紐を外して強引に引き下げた。

そして、そのまま覆《おお》い被《かぶ》さるように──


──ああ、きっと新婚ならそんな甘い展開が……って、いかんいかん！

ハッと我に返って、澄人は棚から耐熱容器を取り出し、来菜子の唇から数センチという理性に負荷がかかりすぎる危険領域から離れた。

そして必要以上に俊敏に冷凍庫からブロッコリーを取り出し、耐熱容器に並べて流れるような動作で電子レンジの中に突っ込んだ。

――ふう、危ない危ない。マジで強引にキスしたくなる距離感だった……。

バクバクと早鐘《はやがね》を打つ胸を押さえてゆっくりと呼吸を整え、澄人はようやく来菜子の方へと視線を向けた。

「残りはどうしましょう？　それとも、全部解凍しちゃいます？」

「いえ、残りはそのまま冷凍庫に入れておいてください。明日以降もちゃんと継続して食べてくださいね」

「ありがとうございます。でも、なんでブロッコリーなんです？　他にも冷凍野菜はいろいろ種類がありましたよね？」

「もちろん、他の野菜と比べても栄養価が高いからです。職業柄《がら》、栄養士の人と話すことが結構あるんですけど、みんな口を揃えて『とりあえずブロッコリーを食べなさい』って言うんですよ」

「そうなんですか。なんか、ボディビルダーの人とかが鶏のササミとブロッコリーをひたすら食べてるような印象しかないですけど。あと、卵の白身とか」

澄人の言葉に、来菜子はクスリと笑った。

「あそこまでストイックにやるのは普通の人には無理ですけど、あの人たちは効率最優先で食べ物を選んでいるので、かなり参考になりますよ。あの人たちが推奨《すいしょう》してる食べ物はだいたい健康にいいです」

「どんなに身体によくても。ササミと卵の白身とブロッコリーだけを食べ続けるのは、さすがに心が死にそうです……」

「まあ、ブロッコリーさえ食べておけばいい、というわけではないですけど……。でも、お弁当を買ってくるにしても、レンジで解凍したブロッコリーを追加するだけでだいぶマシになるとは思います」

「うっ……。いや、その、野菜不足は重々自覚してるんですけどね……」

「今はコンビニでもブロッコリーをはじめとした冷凍野菜は売ってますし、業務用スーパーなら大容量のを安く買えますから、上手《うま》く活用してくださいね」

「まあ、解凍するだけならできそうかなあ」

「ブロッコリーを含めた冷凍野菜を何種類かストックしておいて、まとめて電子レンジで加熱してドレッシングをかけるだけで、お手軽に温野菜サラダになるからオススメですよ」

「それ、いいですね。何より楽に作れそうなのが」

電子レンジから、ブロッコリーの解凍を終えたことを伝えるアラームが聞こえた。

「さあ、話の続きは食べながらにしましょう」

来菜子はフライパンから料理を皿によそい、その上に電子レンジから取り出したブロッコリーを何個か飾りつけて、部屋のフロアテーブルに置いた。そして、そのとなりにロールパンを添える。

「なんちゃってチキンのトマト煮込み、完成です。さあ、召し上がれ」

にっこりと微笑んで、来菜子は言った。

「瀬和谷さんは食べないんですか?」

「私はもう夕食を済ませてますから、気にせずどうぞどうぞ」

テーブルの前に座り、澄人は「じゃあ、いただきます」と手を合わせた。そんな様子を、来菜子はニコニコと見守っていた。

澄人は煮込まれた鶏モモ肉を箸《はし》でつまみ、ふーふーと湯気を散らすように何度か息を吹きかけて、口の中に入れた。

脂が乗った鶏モモ肉にトマトの濃い味がしっかりと絡んでいる。弾力がありつつも柔らかい肉の食感と、トマトの酸味がとても合っていた。パスタソースではなく、チキンのトマト煮込みの素《もと》だった、と言われたら澄人はきっと信じてしまうだろう。

「トマト煮込み、これメチャメチャ美味《うま》い!」

「味付けには私、何も関与してないですけどね」

「でも、この組み合わせのアイデアだけでもすごいですよ」

ふふふ、と来菜子は笑った。

「自炊って、頑張りすぎると続かないですから。いかに楽するかが重要なんですよ。毎日毎日、そんなに手の込んだこと、やってられないですから」

「なるほどなあ」

「だから、まずは自炊の日をちょっとずつ増やす、くらいのところからでいいと思いますよ」

「はい、頑張ってみます」


やがて、食べるだけ食べて、胃が満足すると、澄人は猛烈な眠気に襲われた。

——そういえば、今日はメチャメチャ疲れてた……んだ……っけ……。

まぶたが重すぎて持ち上がらない。

そして、ふと気がつくと、すでにカーテンの隙間《すきま》からは陽《ひ》の光が漏れており、窓の外では小鳥たちがさえずっていた。

「……あれ」

澄人はフロアテーブルに突っ伏しており、肩には毛布が掛けられていた。

そして、テーブルの上には一枚の書き置き。

『お疲れのようだったので起こさず帰りますけど、食べてすぐ寝るのはよくないですよ。お身体、大事にしてくださいね。

来菜子』

——また寝ちゃった……。さすがに申し訳ないというか、なんというか……。

来菜子のおかげで澄人の生活はだいぶ改善してきている。しかし、来菜子から見れば、まだまだ澄人の生活は自堕落《じだらく》そのものなのだろう。

とりあえず、時間を確認して、澄人は朝食をどうするか、と考え始めた。

何を食べるにしても、とりあえずブロッコリーを解凍して追加することを前提に考えながら。

第四話　女神ははいているか？

澄人《すみと》は自室で四段の小さな脚立《きやたつ》を押さえていた。

その脚立には、来菜子《きなこ》が乗ってバスルームの天井を拭《ふ》いている。

しかも、ミニスカートで。

——なぜこういう作業をするつもりで来て、こんな短いスカートを……？

そう思ってしまう澄人だったが、もちろん異論があるはずもない。女性の綺麗な脚を見られるのなら、それは澄人にとってはメリットでしかない。

だが、さすがにマジマジと正視することは憚《はばか》られて、澄人は見えそうで見えないスカートの中の暗闇から目を逸《そ》らしてしまった。

——だ、ダメだ、ノーパンの可能性だってある……！

そんなことはないだろう。

いくらなんでも、さすがに……。

ないとは思うが、可能性はゼロではない。

量子力学の分野では、箱の中の猫を例に用いた思考実験があるという。簡単に言えば、観測者が確認しない限り物事は確定しない、というような屁理屈じみた内容だ。シュレディンガーという人はそんな喩《たと》えで当時の量子力学の確率解釈の奇妙さを指摘したとかいう、難しい話である。

——いや、だからこそ、それを確かめるべきなのでは？　観測されるまでは不確定なパンツの有無《うむ》を、今こそハッキリさせるべきなのでは……？

量子力学的な難しい話はともかく、目の前のスカートの中身は、澄人が観測すればすべてはハッキリするのだ。

——そう、これはやましい気持ちではなく、真理の探究というか、純粋な知的好奇心からくる探求で……。

そろりそろりと視線を上げようとする。

——いや、ダメだダメだ！

見えそうだから見ていい、なんて話があるはずはない。

「めくってみてください」

葛藤《かっとう》する澄人の頭上から、とんでもない言葉が降ってきた。

「えっ。いや、でも、その」

「……はいてないでしょう？」

「あああ……」

見上げれば、スカートの中には——

＊

シュレディンガーのパンツの観測はさておき、時は一時間ほど前に遡《さかのぼ》る。

珍しく休日出勤もない週末の朝。

澄人は久しぶりの休暇を二度寝で堪能《たんのう》していた。

ベッドの中でゴロゴロしながら、ただただ無為に時間を浪費する贅沢《ぜいたく》。少し時間がもったいない気もするが、起きてしまうのももったいない、というジレンマ。

澄人は目が覚めてからも起き上がる気になれず、スマホを見ながらただ無気力に寝そべっていた。

「お、なんだこれ、ノーパン健康法？　瀬和谷さん、こういうのもやってるのかなあ」

スマホでなんとなく眺めていたネットの記事に気になる文字列を見つけて、澄人は画面をスクロールする指を止めた。

「下着を着用しないで就寝する健康法……。へえ、下着による締めつけや蒸れのストレスから解放されることで心身にいい効果がある……ホントかなあ」

その記事には、『しかし、局部が寝具に直接触れるため、衛生面で問題があるのでは、と指摘する意見もある』とも書いてあった。

——もし、瀬和谷さんがこれをやっていたとしたら……。

ベッドの上に全裸で横たわる来菜子の姿を想像して、澄人はちょっとドキドキした。

と、その瞬間、手の中でスマホがＳＮＳの着信を伝える音を鳴らした。

「わっ」

画面に表示された名前が、今まさに生まれたままの姿を想像していた来菜子本人のものだったこともあって、高鳴りかけていた心臓が飛び出そうになった。

澄人は慌《あわ》ててＳＮＳアプリを開いた。

『前回のお掃除で手をつけられなかった箇所があるので、近いうちにまたお邪魔してもいいですか？』

近いうちに、と言われても、夜中を除けば仕事がない日など今日を逃したらしばらくなさそうな社畜である。

とにかく、どう返信するかを考えながら、澄人はベッドから飛び起きるのだった。

チャイムが鳴って「はい」とドアを開く。

ドアの外には、清掃道具をパンパンに詰め込んだ大きなバッグやら四段の脚立やらを持った来菜子が立っていた。

「おはようございます」

にこやかにあいさつする来菜子は、ミニスカート姿だった。

「お、おはようございます……」

——なぜ掃除をしに来た人がミニスカート……？

内心で首を傾《かし》げつつも、澄人は「どうぞ」と来菜子を部屋に招き入れた。

「お邪魔します」

「それにしても、いろいろ持ってきたんですね。重かったでしょう」

靴を脱ぎつつ、来菜子は、

「いいえ、道具をフルに使ってお掃除できると思うと、もうウキウキで！」

と満面の笑みで言うのだった。まるで「これから遊園地に行くよ」と親に言われた子どものようにキラキラした笑顔であった。

「あ、はい。それは何よりです……」

とりあえず室内に入り、廊下に荷物を置いた来菜子は、早速バスルームに脚立を立て始めた。

「脚立作業ですか？　下で押さえましょうか？」


【豆知識・掃除編】

さほど高くない脚立でも、上に乗るときは安全対策が求められます。

水平な足場の確保、留《と》め金《がね》をしっかり留めて固定する、天板に立たない、天板に座らない、などは基本中の基本ですが、何より肝心なのは有事に備えて複数人で作業に当たることです。

万が一、落下事故などが起こったとき、打ち所が悪く意識を失うようなことになれば、適切な処置も救助を呼ぶこともできず手遅れになってしまいます。

ちなみに、業務の場合、高所作業は二メートルの高さからヘルメットの着用が義務化されています。義務ではありませんが、厚生労働省は一メートル未満の作業であってもヘルメット着用を推奨《すいしょう》しています。

たった一段、二段の高さでも、バランスを崩せば大怪我《おおけが》につながります。ちょっとの高さだから、ちょっとの間だから、と油断せずに、慎重に行動しましょう。


「あ、はい、お願いします」

「この高さの脚立でも、落ち方や打ち所によっては命に関わりますからね」

「なので、ヘルメットも持参《じさん》しています！」

来菜子は大きなバッグの中から工事現場で見かけるようなヘルメットを取り出し、しっかりと被《かぶ》ってあご紐《ひも》を留めた。

「脚立作業用のマイヘルメットを持ってる女の子ってかなり珍しいのでは……」

「でも、ちょっと高いところの物を取るだけとか、ちょっと電球を替えるだけとか、そんな作業でも油断すると危ないんですよ」

「まあ、それはそうですね」

作業時間が短いからといって、事故が起きないとは限らない。むしろ、ちょっとだから平気だろう、という慢心こそが危ない、というのは澄人にもなんとなく理解できた。

来菜子は雑巾《ぞうきん》を絞り、洗剤が入っているのであろうスプレーボトルを腰のベルトに引っかけて、脚立に乗った。そして雑巾にシュッとスプレーを一吹きして、天井を拭き始めた。

狭いバストイレ一体型の浴室に立てた脚立を、澄人も廊下からしっかりと押さえる。

顔を上げるとシュレディンガーのパンツが見えてしまいそうで、とっさに澄人はうつむいて床を見た。

——ノーパン健康法……まさか……。

あくまでノーパン健康法は就寝時の話である、ということは、すでに澄人の頭からはすっかり抜け落ちてしまっていた。

「あの、長柄《ながえ》のワイパーとかじゃダメなんですか?」

何か話題を振って邪念を追い払おう、と澄人は無理矢理質問をひねり出した。

手が届かないところを掃除できる道具というのは数多くあるものだ。掃除についての知識などない澄人でも、ドラッグストアやホームセンターでそうした清掃器具を見たことはあった。

Cleaner

「もちろん、それでも大丈夫です。一人で作業するならその方がいいですね。今日は織部谷《おべや》さんもいるので、脚立を使います」

言いながら、来菜子は天井に当てた雑巾を持つ掌《てのひら》にグッと力を込めて、しっかりと拭いた。

「脚立を使って直接手拭きした方が力は入りますし、距離が近くなる分、汚れの見落としも減りますから。どうしても長柄の道具だと力が入りませんし、力が均一にならなくてムラになったりするんですよね」

「なるほど」

「使う洗剤は塩素系の漂白剤を希釈《きしゃく》したものです。濃すぎると手についたり吸い込んだりしたときに危ないので、薄めて使います。薄めて使うにしても、ゴム手袋は着用します」

「濃い方が効きそうな気がしますけど」

「もちろ、カビを殺す、みたいな目的だと濃い方が効きますけど、多くの汚れは水に溶け出すんですよ。汚れが逃げ出す先がないと、逆に効率が落ちたりします」

「へえ」

「あ、でも、家庭用として売っているものなどは、最初からちょうどいい濃度に希釈されている場合が多いので、それぞれの説明書きを参照してください」

説明される度《たび》につい目を来菜子に向けてしまい、見えそうで見えないスカートを直視してしまい、慌ててまた目を逸らすというサイクルができ始めていた。

「そ、それにしても、瀬和谷さんって掃除のこと、ずいぶん詳しいですよね。どこで学んだんです？」

「学んだ、ってほどじゃないですけど、昔から好きだったんですよね」

「共働きのご両親が忙しいから家の掃除を引き受けていた、とか？」

「それもありますけど、高校生の頃なんかは学校でも掃除を請《う》け負《お》ったりしてましたね」

「学校でも……？」

　意味がわからず、澄人は首を傾《かし》げた。

「運動部の人たちに頼まれて、部室の掃除とかをやってたんですよ」

「ええ……？　そんなこと、あります……？」

「最初はクラスメイトに頼まれたんですよ。私は掃除ができて楽しいし、運動部側は綺麗になって嬉しいしでウィンウィンだな、って。あと、掃除のお礼として学食のランチとかデザートとかをごちそうしてもらってました」

「ずいぶん独特な高校生活を送ってたんですね……」

「今思うと、確かにそうですね。それこそ一時期は、毎日のようにどこかの部室を掃除してました」

「野球部とかサッカー部とか、俺の学校では部室は相当悲惨なことになってましたけど、それを毎日とは……」

「不思議と、手伝いを申し出てくれる男子生徒もたくさんいましたし」

「あー、なるほど。……それは不思議でもなんでもないですね」

「……？」

この容姿で各部の掃除をして回ったりしてお世話なんかをしていたらさぞモテただろうなあ、とは思うものの、天然なところがあるから周囲の好意に気づいていなかった可能性も高いかもしれない、と思ってしまう澄人だった。

――いやまあ、学校関係なしにこの人はモテるだろうけども……。

よくよく考えれば、本人が目立たないようにしていたとはいえ、出会った合コンで誰にも注目されなかったというのが今となっては信じられなかった。

「そんなことを続けてるうちに、運動部の人たちからかなり頼られるようになっていって、合宿のときにご飯作るのに駆り出されたりもしましたよ」

「もうそれ、マネージャーじゃないですか」

「そうですね。いくつもの部活動のマネージャーを兼任してるみたいな感じだったかもしれません。そのうち、一緒に掃除をするような仲間も増えていって」

「掃除仲間が増える……？　え、増えるもんなんですか……？」

「私も意外だったんですけど、そういうことをやってると運動部の人たちとどんどん仲良くなるんですよね。それを見て、友達が増えるとか思った人もいたのかなって」

「あー」

おそらく、『運動部員たちと仲良くなる』ということについては、当の来菜子が思う以上に、クラス内での立場に関わる問題でもあったのだろう、と澄人は直感的に悟った。

運動部の中心にいるような生徒は、クラスでも中心にいることが多い。そういう面々と仲良くなれるということは、クラスの底辺に押しやられた人たちにとっては、喉《のど》から手が出るほど欲しい機会だっただろう。

──俺もそんな機会があったら参加したかもしれないなあ……。

最底辺とは言わないまでも、だいぶクラス内での立場が低かったことを思い出して、澄人は苦笑するのだった。

「そんなわけで、人数が思った以上に増えちゃって、最終的には部活になったんですよ」

「え。掃除部ってことですか？」

「いえ、もうちょっと活動が幅広くなっていたんで、マネージャー部ってことになりました」

「マネージャー部……。各運動部に必要に応じてマネージャーを派遣する、みたいな感じですか……？」

「はい、そんな活動になりました」

そんな部活動は聞いたことがなかった。

「まあ、活動の八割は掃除でしたけどね。そんな部活動の経験からわかったことなんですけど、洗剤を希釈する場合は、だいたい四〇倍くらいがいいと思うんですよ。もちろん薄めるほど効果は下がっていくんですけど、ほとんどの洗剤は四〇倍より薄くなると極端に効率が落ちるんですよね」

「へえ、そんなことまで調べたんですか」

「部費で業務用の洗剤とかを買うようになったんで、経費削減を考えていろいろ調べたり試したりしたんですよ」

「なるほど」

「あ、でも、家庭用の洗剤は最初から希釈してあったりする場合もあるんで、商品の説明通りに使うのが一番ですけどね」

「ですよね」

話が盛り上がるほどに、ついつい来菜子を見上げてしまう回数も増える。

話しながら来菜子は手も動かしているので、見上げる度にスカートやら腕の下から見える大きな胸が揺れており、どうしても澄人の目と意識はそっちへと吸い寄せられてしまう。

もし、もっとすごい展開になったら——。

そんな思考がどんなに振り払おうとしても頭を離れなかった。

「この脚立、金具が緩《ゆる》んでますね。危ないんで、今回は使うのをやめましょう」

突然、来菜子が脚立から下りてくる。

「じゃあ、長柄のワイパーを？」

「いえ、織部谷さん、肩車してもらえますか？」

「えっ」

ワンルームアパートのバスルームのような狭く足場の悪いところで肩車をするなんてことは、危険すぎて本来やるべきではない。

当然、本来なら来菜子がそんなことを言うはずはない、のだが……。

しかし、言われるままに澄人は来菜子を肩車し、多少ふらつきながらも立ち上がった。

肩と頬に触れる太ももの温かさや柔らかさが気持ちを高ぶらせる。

——ああ、穿《は》いてないかもしれないシュレディンガーのパンツが後頭部に……！　くっ、髪の毛が邪魔で穿いてるかどうかの判別ができない……！）

謎のヴェールに包まれた真理の深奥《しんおう》が肌に触れるほどの距離にありながら、しかし視界には絶対に入らないというジレンマが澄人を苛《さいな》む。

——しかも、頭を挟むように耳と頬に触れる太ももの感触が天国すぎて、ますます後ろに集中なんかできやしない……！

しかし、真理は探究されなければならない。決して邪《よこしま》な感情からではなく、あくまで概念《がいねん》としての猫の生死を確かめなくてはならないのだ。その、なんというか、人道的な意味でも。

──集中しろ、俺！　観測者は俺しかいない、俺が観測しない限り、パンツの有無も猫の生死もずっと確定しないままだ！　意識を後頭部に──

「よいしょ、っと」

来菜子は天井を拭く手に力を込めた。自然、体勢を固定するために自身の太ももに力を入れて、澄人の頭を左右から締めつける。

──ああっ、瀬和谷さんが天井を拭く度に太ももに力が入って、俺の耳や頬を圧迫してくる……！

集中しようとする、顔を両側から圧迫されて集中が途切れる、再度集中しようとする、するとまた来菜子が脚に力を込めて圧迫が強まる……。

幸せでありながらももどかしいループから抜け出せず、澄人はいつまで経《た》っても真理に到達できずにいた。

──後頭部に、後頭部に意識を──！

「ああもう、頑固な！　汚れ！　ですね！」

短く言葉を切って、切る度に来菜子が拭く手に力を込めようと脚にも力を入れる。

──集中できるか、こんなん……！

「織部谷さん、織部谷さん！」

澄人はハッと妄想から我に返った。

来菜子は相変わらず脚立に乗って作業しているし、澄人はその脚立を押さえている。

「織部谷さん！」

「は、はいっ」

「キッチンペーパーを取ってくださいますか？　カビがひどい箇所に洗剤を染み込ませて張りつけて湿布《しっぷ》しますんで」

「はい！」

澄人は言われるまま、一旦脚立から離れて、キッチンペーパーを何枚か取って、それを来菜子に差し出した。

「ありがとうございます」

それを受け取った来菜子はキッチンペーパーに洗剤をスプレーして、それを天井の隅に丁寧《ていねい》に張りつけた。

そして、張りつけたキッチンペーパーを残したまま、来菜子は脚立から下りた。

「湿布したらしばらく放置します。その間に別の作業をしましょう」

「はあ」

来菜子はバスルームを出て、部屋を突っ切り、ベランダへと向かった。

「わっ」

その動きを察知して、澄人は来菜子を追い越して先回りし、ベランダへ出る窓のカーテンをサッと閉めた。

「いやその、ここはちょっと……」

「でも、前回は夜だったのでベランダは手つかずですし」

「めくってみてください」

来菜子は澄人に詰め寄った。

言うまでもなく、カーテンの話である。これが先ほどの脚立に乗っているときのスカートの話だったら、と思ってしまう澄人だったが、今はそれどころではない。

「えっ。いや、でも、その」

「はいてないでしょう?」

もちろん、「掃いていない」であって、「穿いていない」ではない。下着の話ではなく、ベランダの床を掃除していないだろう、の意味である。

「あああ……」

「どいてください」

にっこりと微笑んで、来菜子は澄人を押しのけた。

そして、カーテンを勢いよく開けた。

「こ、これは……」

カーテンの向こう、窓の外のベランダには、パンパンのゴミ袋がいくつも積まれていた。長らく掃除などしていないせいで、ゴミ袋がないところも落ち葉や汚れが目立つ。

「いや、そのー、社畜なんかをやってるとゴミを指定の曜日に出せないことも多々ありまして……」

「緊急避難としては仕方ないですけど、臭《にお》いも出ますし、ご近所の迷惑になりますよ」

「ですよね……」

「でも、まあ……ふふふふふふ」

来菜子の目は燃えていた。まるで試合に臨《のぞ》むアスリートのような、やる気と闘争心に燃える瞳だった。

「掃除、ホントに好きなんですね」

「はい！　じゃなかったら、学生時代に各部の部室を掃除して回るなんてこと、やってませんよ」

「それはそうですね」

「さあ、ベランダの掃除を始めましょう」

来菜子がいそいそとベランダに出て、ゴミを拾おうと屈《かが》み込む。

その瞬間——、
屈むときの来菜子の動きと、いたずらな風が奇跡的な噛み合い方をして、ふわりとスカート

が大きく跳ねて、
シュレディンガーの猫の生死が確定した。
――ああ。
澄人は思った。
穿いていないかも、と考えるのはとてもドキドキした。
でも。
実際に目にしたなら。
――穿いてる方がエロいな……。
なんでもかんでも、見えればいい、というものではないのだ。
見えそうなこと。
見えそうで見えないこと。
隠されていること。
隠されているものを思い描くこと。
そして、それらの末に見えたもの。
その結果、見えるかもと思ったものはしっかりと秘されていたこと。
そのどれにも、一つ一つ魅力があるのだ、と澄人は改めて思い知らされた。
「織部谷さん、とりあえず、ベランダからゴミ袋を運び出しましょう」

「あ、はい、そうですね」

このあとも、二人でメチャメチャ掃除をした。

ベランダのゴミ処理、バスルームの天井湿布したキッチンペーパーの除去、他にも換気扇《かんきせん》や
エアコン周りなど、それこそ一日がかりの掃除となった。

貴重な休日が掃除だけで終わった、というのはちょっともったいない気もするけれど、でも。

——丸一日瀬和谷さんと過ごせたと考えれば、とても幸せな休日だったのかもな。

幕間その二　女神の裏事情

他に誰もいないロッカールームでため息を一つ吐《つ》いて、来菜子《きなこ》は気合いを入れるように自身の両頬を叩いた。

上手《うま》くいっていない職場環境だからこそ、胸を張って毅然《きぜん》としていよう、と来菜子は決めていた。

来菜子が勤めるエステサロンは、近隣では一、二を争う繁盛店《はんじょうてん》である。

そんな店舗で、来菜子は現在、完全に孤立するという憂《う》き目に遭《あ》っていた。

今のところ、極端な嫌がらせのような攻撃はない。が、誰にも口を利《き》いてもらえない日がもうかなりの期間続いていた。

ワンピース型のユニフォームに身を包み、ロッカーの扉の内側についている鏡に映った自身の顔を見て、無理矢理笑顔を作った。

その笑顔をチェックして、「よし」と呟《つぶや》き、ロッカーを閉める。

すでにこの店に勤めて四年になる。

その間に来菜子は店舗ナンバーツーになっていたし、毎回指名してくれる固定客も何人もついている。一日のスケジュールの大半は指名の予約客で埋まっている状態なので、幸い来菜子は同僚たちから無視されていても胸を張っていることができた。

ロッカールームを出て、オープン前の朝礼が始まる。

朝礼の音頭《おんど》を取る店長は、同性の来菜子から見てもとても美しい女性だった。朝礼もハキハキ、テキパキと進めているし、個別の指示なども的確で無駄がない。

美しいロングの黒髪も、切れ長でキリッとした目も、すらりとした鼻筋も、厳しいながら褒《ほ》めてくれるときに優しく口角が上がる口元も、背筋の伸びた姿勢のよさも、引き締まったスタイルのよさも、年季や立場だけでなく実力で従業員たちを圧倒する仕事ぶりも、店長の何もかもに来菜子は憧《あこが》れていた。

しかし、現在、その店長は来菜子を見ようともしない。ほとんどいないものとして扱っていた。放っておけば勝手に仕事をこなす機械とでも思っているのかもしれない。

逆に言えば来菜子の仕事の妨害もしないから、心さえ押し殺してしまえば、来菜子も黙々と仕事をこなすことはできた。

――まあ、私の仕事の邪魔をすれば、お店の売り上げや評判にも関わるものね……。

来菜子とて予約がびっしりと埋まってしまうくらいには人気のナンバーツーなのだから、きちんと売り上げに貢献《こうけん》しているという自負はあった。

いかに来菜子のことが気に食わないといっても、その売り上げを潰《つぶ》すまでのつもりはない、ということなのだろう。

朝礼が終わり、店がオープンする。

来菜子も予約の常連客を、

「いらっしゃいませ、お待ちしておりました」

と迎え入れ、個室へと案内する。

「あれ？　もしかして、少し痩《や》せました？」

客を個室中央のマッサージベッドへと導きつつ、来菜子はそう問いかけた。すると、その客はパッと表情を綻《ほころ》ばせた。

「わかります？　実は、三キロくらい落ちたんです」

待ってました、とでも言いたげに、嬉しそうに客が言う。

「わ、すごい！　頑張ったんですね！」

「ありがとー！　これも瀬和谷《せわや》さんに教わったダイエットレシピのおかげなの！」

「お役に立てたなら私も嬉しいです。さあ、うつ伏せになってください」

「まさかダイエットしながらラーメンまでＯＫだなんて思わなかったから、実はそんなに頑張った感もないのよねー」

客は指示通りマッサージベッドに横たわりながら、嬉しそうに話を続ける。

「ラーメンも麺自体は一玉食べても三〇〇キロカロリーないですからね。自分で作る分には、背脂《せあぶら》とかチャーシューや煮豚をたっぷり入れたりしないで、スープも飲まないようにしたら、そこまでハイカロリーなメニューではないんですよ」

「ホント驚いたわ。ダイエット中にラーメンやカレーもＯＫだなんて、常識がひっくり返ったわよ」

「どんな食べ物も食べ方一つですよ」


【豆知識・ダイエット編】

ダイエットと聞くとストイックに食事制限をする必要があると思われがちですが、工夫次第で美味《おい》しいものを食べながら体重を落とすことも可能です。

肝心なのは摂取カロリーと代謝の収支を合わせることと、栄養価に気を配ることです。

カレーは確かにハイカロリーの代表のような食べ物ですが、例えばお昼にカレーを食べるなら朝と夜は野菜中心にして軽めにするなど、一日を通して帳尻を合わせることで問題なく食べることが可能です。

また、ラーメンもカレーも手作りすることで余分なカロリーを減らすことができます。肉を豚ヒレ肉や鶏《とり》胸肉のような低脂質な部位に変えたり、ジャガイモやニンジンは糖質が多めなので、これをキノコやキャベツに変えるだけでもかなり違います。

そして何より、肝心なのは炭水化物、つまり主食の量をきちんとコントロールすることです。料理によって太りやすいものは確かにありますが、多くの場合はメニューの内容より量の方が問題だったりするのです。

ついついご飯やナンを食べすぎてしまう、余計なものをトッピングしてしまう、という誘惑に負けない強い心を持ちましょう。

カレーに使われているスパイスにはエネルギー代謝を促《うなが》したり血行をよくする効果があるものも含まれているので、適量を守りながら工夫をすれば決してダイエットの敵というわけではありません。


そんな話をしながら施術《せじゅつ》を終え、最初の客を店の出入り口で見送って、しかしもうすでに次の客が待合室で自分の番を待っている。

「お待たせしました。こちらへどうぞ」

来菜子に言われて、二人目の客は「待ってました」とでも言いたげな顔で立ち上がり、まるで友達に会いに来たようなテンションで「おはようございます、今日もお願いしまーす」と上機嫌で言った。

「おはようございます。こちらこそ、よろしくお願いします」

個室へと案内する短い間にも、来菜子は顧客《こきゃく》の変化を見逃さない。

「今日はいつもよりお肌が綺麗じゃないですか？　化粧品変えました？」

「いえ、違うんですよー。実は、前回瀬和谷さんにハウスダストがお肌にもよくないって聞いたんで、前に教えてもらった掃除のコツを参考にしてみたんですよ。そしたらなんだかお肌の調子がよくなった気がして」

【豆知識・ハウスダスト対策編】

様々なアレルギーの原因になることがあるハウスダストですが、くしゃみや鼻水だけでなく、肌荒れの原因になることもあります。

ハウスダストとは、室内に散乱しているノミやダニの死骸やフン、繊維などの埃《ほこり》、ペットの毛、花粉、カビ、タバコの煙などをひっくるめた総称です。どの物質が悪影響を及ぼすかは個人の体質にもよりますが、いずれにしてもこまめに掃除をすることで対応が可能です。

ダニが発生しやすいのはリビングなどの『長くいる場所』の、特にカーペットやソファなどです。長くいる場所にはダニの餌《えさ》になる食べ物のカスや埃、フケや皮膚《ひふ》の破片などがたくさん落ちるため、特にこまめに掃除をする必要があります。

カーペットやソファなどはこうしたゴミが繊維の中に入り込みやすく、特に注意するべきでしょう。

床などは単に掃除機をかけるだけではハウスダストが巻き上げられて飛び散ってしまう可能性があるので、先に雑巾《ぞうきん》などで水拭《みずぶ》きをしてから掃除機をかけるといいでしょう。

また、浴室のマットやタオルのような湿気が多いものはカビが発生しやすいので、こまめに交換して洗濯をするのがオススメです。

掃除以外でも、洗顔で顔についた汚れを入念に落とすことや、しっかり保湿して肌の潤《うるお》いを保つことがハウスダストの刺激に対する防御になります。


二人目の客をマッサージベッドに寝かせて、フェイシャルエステのコースを開始する。一人目の客の痩身《そうしん》エステとは完全に別のコースである。

全身を揉《も》みほぐしたりEMSなどの機器を用いて全身の筋肉を刺激したりする痩身エステとは違い、首から上の美容に特化したコースである。

こちらのコースでもマッサージはあるが、クレンジングやトリートメント、パックなどが中心である。

「それにしても、お掃除のやり方でこんなに効果が出るなんて思わなかったわ」

「個人差はありますけど、お客様は特に相性がよかったみたいですね」

優しく客の顔をクレンジングしながら、来菜子は言った。

「そうなのかも。お肌以外も、なんかしっかりお掃除するようになってから調子いいから」

「呼吸器や目にもハウスダストは影響を与えますから、アレルギーがなくても体調に何らかの影響が出ることはあるかもしれないですね。あと、家を綺麗にしておくと気分的にも気持ちいいですから、精神面にもいいと思います」

「ホントそれ！　瀬和谷さんが言ってる、美しさの基礎は健康から、っていうの、本当なんだなって実感しました！」

「ありがとうございます。私でよければいつでも相談に乗りますから、お肌のことや健康のことで何かあったらいつでも言ってくださいね」

こんな調子で、ランチどきに一度休憩は挟むものの、来菜子は閉店時間まで予約客の対応に追われたのだった。

基本的に、最近の来菜子の仕事はいつもこんな感じである。

予約の切れ間がほとんどないから、同僚や店長から無視されていても仕事に支障はない。

何かあったときにサポートを頼める相手がいないのは不安要素だが、そこは四年のキャリアを積んだナンバーツーである。ほとんどのトラブルは来菜子一人で対応できた。予約を入れる客の大半はリピートの顔見知りだし、会話に詰まるということはない。

仕事は実に順調で、常連客の反応も上々だし、新規の指名客もその日だけで三名、その三名もその日のうちに次回の予約を入れていった。

正直に言えば、孤立した状態であっても、来菜子にはナンバーツーとして名に恥じないだけの売り上げを出している自信はあった。

――それなのに、どうしてこんな状態になってしまったのかしら……？

何年か前、この店に新人として入ったときには店長はとても親切に仕事を教えてくれたし、初めて指名客が取れたときには我がことのように喜んでくれたというのに。

——どうして……。

自問を繰り返しながら、来菜子は仕事を終え、誰とも話さずにロッカーで着替え、誰からも返事をもらえない「お疲れ様でした」を言って帰途についた。

駅までの道すがら、ふと足を止めてスマホに手をやることが最近増えていた。

——織部谷《おべや》さん、また何か言ってるかな……？

身体の凝《こ》りが辛《つら》いとか、腹減ったから半額弁当を買って帰ろうとか、そんなＳＮＳの描き込みを見ては、このくらいの時間にあの辺に行けば会えるかも、と行動に移したことも一度ではなかった。

——なんか私、やってることがストーカーっぽくない……？

うーん、と自分の行動を省《かえり》みて、来菜子は渋《しぶ》い顔をした。

「いや、まあ、別に恋愛の対象として執着してるわけじゃないし」

口に出して言ってみて、ふと、そうなのだろうか、と首を傾《かし》げた。

澄人《すみと》に会いに行きたい、と思うのは、彼の世話を焼くことが自分にとっても癒《い》やしになっているからだ。

掃除をするのも、食事についてレクチャーしたり、食事を用意してあげるのも、彼のためにやってあげている、という形にはなっているものの、どちらかといえば必要に迫られているのは来菜子の方だった。

澄人から向けられる尊敬や感謝のまなざしは、現在職場で人間関係が破綻《はたん》してしまっている来菜子にとって、心のバランスを保つ上では自身が思っている以上に大きなウエイトを占めるようになっていた。

——と、いうか。

なんだか頼りないようで、放っておけないような澄人だが、彼の穏やかで優しい雰囲気には相手を癒やすような温かさがある。

それだけでなく、澄人は聞き上手でもあった。

男性の中には、年下や同年代の女性から何かを教わったり、指図されることを嫌う人も少なからずいる。

しかし、澄人はそんな素振りは一切見せず、嫌がるどころか、素直に感心して、もっと教えてとでも言いたげな顔をすることも多かった。

最近、よく思う。

彼と話すのは楽しい、と。

彼に会いたい、と。

——これは、もしかして、恋なのでは……？

いや。

たぶん、これは逃避であり、依存なのだろう。
そのために彼を利用しているだけなのだ。
これを恋などと言っては、彼に失礼だ。
そう思って、来菜子は自嘲《じちょう》した。
ただ、それでも――、
――会いたいな。
切実に、そう思う。
今日はまだ、澄人はSNSで何も発言していない。
――何か、困ってるって言ってくれないかな。
そういう言葉を見れば、助けに行く口実になるのに。
もし、今日明日で彼が何も発信しなかったら。
どんな口実で会いに行けばいいのだろう、とナチュラルに考え始めていた。

第五話　女神と従妹の酒宴

澄人《すみと》の部屋では普段は見ない品数の料理が並んでいた。

それと一緒に、日本酒の一升瓶も。

澄人は少し酔いが回って、ふわふわした心持ちになっているし、それは来菜子《きなこ》も同じだった。

「ふふっ」

来菜子は楽しげに微笑んで、日本酒の瓶を掴んだ。

「織部谷《おべや》さん、グラスが空いてるじゃないですかぁ」

とろんとしたその声は、鼓膜に届いた瞬間、澄人の脳を痺《しび》れさせる。ほろ酔いの脳に、素敵な女性の甘い声は数十倍の魅力を伴《ともな》って響いてきた。

「さあ、一献《いっこん》、どうぞ」

来菜子は一升瓶を傾けて――、しかし、グラスにではなく、自分の胸元に日本酒を注いだ。

豊かすぎる胸が形成するその谷間に、透明な液体が溜まっていく。

「さあ」

「え、でも、その……」

ためらいながらも、豊満な胸が作り出す谷間と、そこで波打ちながら輝く液体から目を離せなかった。

「遠慮なさらず、直接口をつけてくださいな」

「じゃ、じゃあ……」

遠慮がちに、しかし自身の欲望に従って、その胸元に口を寄せていく。

だが——、

「ダメっ！　ダメー！」

突如《とつじょ》として割り込んできた声が、そんな妄想を掻き消した。

＊

数時間前のこと。

澄人は壁に掛かっている時計をしきりに確認しながら、身を隠すようにして、同時に上司の動向にも目を光らせていた。

もうすぐ午後五時になる。

今日は得意先をいくつも回って御用聞きのように雑用を引き受けた上で次の注文数を増やし

てもらえるよう交渉をしてきたし、いくつもの報告書や更新された契約書を作成したし、十二分に社員としての役割を果たしたという自信があった。

──だから、しっかり定時で帰る……！　それが身体のため、俺自身のため……！

ここ最近は定時上がりの日が増えている。そのおかげかすこぶる身体も心も調子がよく、それが仕事のためにもなっている、という自負もあった。

しかし、同時に職場での風当たりというか、特に上司の機嫌については目に見えて悪化の一途をたどっていた。

──瀬和谷《せわや》さんの言葉は正しかった……！　けど、うちのバカ上司はそれがわかってないからな……。なんとしても残業は回避して自炊するんだ……！　今日はパスタソース煮込みを卒業して、市販のルーを使ってクリームシチューに挑戦する気満々なんだ。というか、今日自炊できないと冷蔵庫の中の鶏肉《とりにく》が悪くなりそうで怖いし！

午後五時まで、あと一〇秒。

上司は何やら書類に目を落としている。

今しかない。

音を立てないように席を立ち、なるべく上司からは死角になるようなルート取りでタイムカードがあるオフィスの入り口へと足を速める。

「あ、織部谷くん。君ぃ、また定時で上がる気かね？　他のみんなが残業して頑張っているというのに君は――」

背後から上司にそう言われ、しまった、と澄人は唇を噛んだ。

――失敗したか……。

が、そう思った瞬間、澄人のポケットの中でスマホが鳴った。

「あ、ちょっとすみません」

目の前のピンチから逃れるように、澄人はスマホを取り出して電話に出た。

「もしもし」

『あ、もしもし、お兄ちゃん？』

それは、聞き慣れた従妹《いとこ》の声だった。

幼い頃から実の妹のように面倒を見てきた、半分幼なじみのような関係の従妹、織部谷清音《きよね》である。

『ねえ、聞いてよ。あたし、就職決まったよ！　今日近くに引っ越したからさ、何時に仕事終わるのか訊《き》きたいんだけど』

めでたい話である。

そして、この電話を利用することでこの場を切り抜けてやろう、というアイデアが澄人の脳に電撃的に舞い降りてきた。

「え、マジか！」

大仰《おおぎょう》に驚いてみせて、澄人はスマホを耳から離した。

「あ、すみません、ちょっと親戚が緊急事態なので、今日はこれで失礼します！　お疲れ様でした！」

「え、ちょ、待ちたまえ……！」

上司の言葉には耳を貸さず、澄人は手品師も舌を巻くほどの手さばきでタイムカードを押し、ダッシュでオフィスをあとにしたのだった。


職場の外へと急ぎ向かいながら、澄人は再度スマホを耳に当てた。

「いやあ、マジで助かった！　で、なんだっけ？」

『いや、就職が決まったんだけど……なんか無理矢理退社したみたいなやりとりだったけど、大丈夫なの？』

「まあ、定時だし、俺自身の仕事はだいたい終わらせてたし、なによりウソはついてないしな。従妹のお祝い事なんだから」

『それはそうかもだけど』

「それより、就職おめでとう」

『あ、うん、ありがと。それでね、今日引っ越しを終えたから、会いに行こうって思ってるんだけど』

「なるほど、じゃあ、とりあえず駅かどこかで落ち合うか」

『わかった、じゃあ駅まですぐ向かうね』

電話を切って、澄人は会社近くの駅から自宅近くの駅へと向かう。

改札を出て、さてどこで待つのがわかりやすいだろうか、と考えていると、見知った女性の姿を見かけた。

向こうも澄人に気づいたようで、

「織部谷さんじゃないですか。今日はもうお仕事は終わりですか？」

と、駆け寄ってきて言った。

その相手は、言うまでもなく瀬和谷来菜子《きなこ》である。

「ええ、最近は残業から逃げ回っています」

「身体のためにはそれがいいと思いますけど、大丈夫なんですか？　上司の人に睨《にら》まれたり、同僚の人に嫌われたりとか、しません？」

「確かに上司はいい顔してませんけどね」

ははは、と笑いながら、澄人は頭を掻いた。

「でもまあ、身体の方が大事ですからね。それで会社にいられなくなるなら、本気で転職を考えようと思います」

と、そんな話をしているところに、

「お兄ちゃーん！」

と駆け寄ってくるショートヘアの女の子が一人。

快活そうな雰囲気や顔つきにも、短い髪がよく似合っている。服装も飾りけのないシャツにジーンズ、足下もスニーカーだったが、それでも昔から知っている澄人の目には、ずいぶんと垢抜《あかぬ》けたなあ、という印象だった。

澄人のそばにやってくるなり、清音は来菜子へと視線を向けて怪訝《けげん》な顔をした。

そして、小声で澄人に、

「誰？　大丈夫？　お兄ちゃん、騙《だま》されてない？　壺とか買わされてない？」

と尋《たず》ねた。

「お前は何を言ってるんだ」

「だって、お兄ちゃんがこんな美人とお近づきになるなんて、それ以外の可能性が考えられないし」

「失礼な」

憤慨《ふんがい》した澄人に、今度は来菜子が、

「妹さんですか？」

とニコニコ笑いながら訊いた。

「ええ、まあ、そんなもんです」

笑ってそう答える澄人に憤慨顔をしつつ、清音は、

「織部谷清音、従妹です！　ここ大事ですよ、い・と・こ！」

と訂正した。

「初めまして。瀬和谷来菜子と申します」

清音に対して、来菜子がぺこりと頭を下げる。

「すごくお世話になってる人なんだから、失礼なことは言うなよ」

来菜子の肩を持つような澄人の態度や、お世話というワードに、清音は引っかかりを覚えたような顔をする。

が、手にしていた紙袋の存在を思い出したように、

「あ、そうだ。お兄ちゃん、これ。おばさんから預かってきたよ。お世話になってる上司にでも差し上げなさい、って」

と言って、清音はその紙袋を澄人に差し出した。

紙袋を受け取って、澄人はその中を覗《のぞ》き込む。

中には立派な箱に力強い達筆な文字で銘《めい》が記されていた。サイズからして、箱の中には一升瓶が入っているはずだ。

「うわ、これ地元で評判の銘酒じゃないか！　こんな良い酒を上司にあげろって？」

苦笑いを通り越して、もはや悪い冗談にしか思えなかった。

「あ、そうだ。瀬和谷さん、これ、今から一緒にうちで飲みませんか？」

「え、いいんですか？」

「もちろん。瀬和谷さんにはお世話になりっぱなしだし、辞《や》めることも視野に入れてるブラック企業の上司になんか、この酒はもったいないんで」

「じゃあ、お言葉に甘えようかしら」

清音はそんなやりとりをする澄人と来菜子を見て、猛烈な不安に襲われていた。

この女が、破廉恥《はれんち》にもあんな暴力的な乳や尻で澄人を誘惑したらどうなるだろうか。

両者酒が入って、あまつさえあの胸の谷間で酒を飲ませるようなプレイを持ちかけられたら、この従兄《いとこ》は抗《あらが》えるのだろうか、と。

「ダメっ！　ダメー！」

清音はぐいっと澄人の腕を引っ張りつつ、

「あたしも！　あたしも飲みますッ！」

と宣言した。

「じゃあ、みんなで飲みましょうか。ついでですから、何かおつまみを作る材料でも買っていきましょう」

「包丁もない家で申し訳ない」

こうして、急遽《きゅうきょ》澄人の部屋で飲み会が開催されることが決まったのだった。

＊

澄人の部屋に入るなり、来菜子はおなじみのエプロンをどこからともなく取り出し、サッと装着した。

そして、澄人の右腕に胸を押しつけるようにして、

「じゃあ、揉《も》んでください」

と上目遣《うわめづか》いに言った。

腕に触れる柔らかい感触が、あまりにも存在感の大きいの感触が、一瞬にして澄人の理性を削り取っていく。

「は、はい……」

右腕は抱きつかれて動かせないので、左手でその胸に触れようとする。

が、その左腕は清音に抱きつかれて封じられてしまった。

「ねえ、お兄ちゃん……」

来菜子ほどではないにしても、しっかり女性として成長した膨《ふく》らみが左腕に感じられる。小さい頃から知っているだけに、その弾力はかなり意外で、だからこそ澄人の心臓をドキリとさせた。

「ねえ、お兄ちゃん。白くてトロトロのをかけてほしいんだけど」

「えっ」

「ねえ、早くぅ」

さらにグッと左腕を強く抱きしめて、清音が甘い声を出す——。


そんな妄想を一瞬で脳内に展開してしまうくらい、自室に女性が二人も来ている、という現状は澄人を浮つかせていた。

一人でも衝撃的だったというのに、二人である。

うち一人が妹のような存在だったとしても、ドキドキするなというのは無理な注文であった。

「お兄ちゃんの部屋が……片付いている……!?」

部屋の中を見るなり、清音が驚きの声を上げた。

「瀬和谷さんのおかげでね」

「ふふふ、楽しくお掃除させてもらいました」

「むー。掃除もあたしがするつもりだったのに……」

清音が悔しそうに頬を膨らませた。

「とにかく、お酒は今のうちに冷蔵庫に入れて、と」

「じゃあ、お酒が冷えるまでにおつまみを作っちゃいましょうか」

来菜子が袖《そで》をまくり上げた。

「まず、キャベツを千切ってビニール袋に入れます」

「すみません、マジで包丁は買うんで」

「いえ、包丁は確かにあった方がいいですけど、こうして手で千切った方がいいお料理もあるんですよ」

「へえ、そうなんですか？」

「はい。刃物で切るより千切った方が断面が粗《あら》くなるんで、味が染《し》み込みやすくなったりするんです。煮物のこんにゃくとか、手で千切る方がいいってよく言われますよ」

「なるほど……」

「そして、そこに塩昆布《しおこんぶ》も入れて」

封をできる袋に千切ったキャベツが入り、さらにそこに塩昆布を入れて、来菜子はそれを澄人に「はい」と渡した。

「じゃあ、揉んでください」

「は、はい……」

「ある程度揉んで馴染《なじ》んできたらできあがりです。塩昆布キャベツ、簡単に作れて漬物感覚で食べられるんで、オススメですよ」

「確かに簡単ですね。普段の食事にも一品増やすのにいいかも」

一連の流れを「やるな」とでも言いたげな顔で見ていた清音は、来菜子に負けじと腕まくりをして、

「キャベツがまだ余ってるから、あたしはそれを美味《おい》しく食べるソースを作るね」

と名乗りを上げた。

清音はフライパンに買ってきたバターを投入し、溶かしていく。

「バターを溶かして、そこに小麦粉。弱火で丁寧《ていねい》に、ダマにならないように混ぜていって、しっかり混ざったら次は牛乳。全体的に馴染んだら、最後にピザ用のチーズを入れて溶かして、塩コショウで味を調《ととの》えたら……万能トロトロチーズソースの完成！」

「へー、たった四つの材料でこんなソースが作れるんだ」

「お好みでレモン汁なんかを加えてアレンジしても美味しいよ」

「やっぱ調味料くらい買うか……」

「その方がいいと思うよ。で、これをレンチンしたキャベツや茹《ゆ》でたアスパラにかけたら、それだけでごちそうになるよ」

「冷凍ブロッコリーはまだありますか？　あれにかけても美味しそうですよね」

「あとはハンバーグにかけても美味しいし、パンにつけて食べてもいいし、パスタのソースにも使えて便利だよ」

レンジで加熱したキャベツやブロッコリーを皿に盛って、清音はずいっと澄人に迫った。

「ねえ、お兄ちゃん。白くてトロトロの（ソースを）をかけてほしいんだけど」

「えっ。あ、うん」

「野菜を美味しく食べられるソース、というのは健康的でいいですね。料理初心者の織部谷さんには少し難易度が高いかもしれませんけど」

「近くに越してきたので、あたしが作りに来るから問題なしです！」

「でも、日本酒に洋風のソースって合うのかなあ？」

澄人は首を傾《かし》げた。

「うっ……」

しまった、という顔で清音が顔をしかめる。

「きっと合いますよ。実は日本酒とチーズって相性がいいんです。クリームチーズの酒盗和《しゅとうあ》えとか、いぶりがっこチーズとか、居酒屋では定番じゃないですか」

しかし、来菜子にそう言われて、清音はホッとしたように表情を和《やわ》らげた。

「あー、なるほど」

「じゃあ、さらにおつまみを作っていきましょう！」

パン、と手を叩いて、来菜子は早速作業を開始した。

まず、刻みネギの袋を開ける。

「今はネギも刻んだものが売られているので、とても便利です。今回はいろいろ作るつもりでキャベツを一玉買いましたけど、一人で自炊するならカット野菜は何かと便利ですよ」

「確かに、今日売り場を見ましたけど、いろんな種類がありますよね。野菜炒《いた》め用とか、鍋用とかサラダ用とか」

「はい。なので、丸っと買って半分ダメにしちゃうよりは、一食分をカット野菜で買った方が使い勝手がよかったりするんですよ」

言いながら、来菜子はカットネギとイカの塩辛《しおから》を混ぜ合わせ、絹ごし豆腐の上に盛りつけた。

「塩辛奴《やっこ》の完成です」

「塩辛自体がつまみになりますけど、ちょっとした一手間でつまみとしてグッとグレードが上がりますね」

「大葉を刻んで混ぜたり、ごま油をちょっと加えるともっと美味しくなりますよ」

感心したような澄人の顔を見て、清音がメラメラと対抗心を燃やしだす。

「じゃあ、あたしももう一品！」

そう宣言して、清音は材料を見渡した。

「キャベツと塩辛があるから……、まずは耐熱ボウルに千切ったキャベツ。包丁があればざく切りでいいんだけど、ないなら手でも大丈夫。そこに塩辛、バターを乗っけてお酒を少々、ふわっとラップをかけたら電子レンジへ！」

レンジでの加熱が終わると、湯気を立てる蒸し野菜が完成した。

「キャベツのなんちゃってバター蒸し、塩辛添え！」

「へー、簡単でいいね。これなら俺にも作れそう」

「でしょでしょ、えっへん！」

清音がドヤ顔で胸を張った。

「キャベツは使いやすいですから、いくつかレシピを知っておくと無駄なく使いきれていいですね」

「ですね。あ、そうだ、今日は俺も一品作りますよ。ってか、もともと今日自炊するつもりだった料理なんで、酒に合うかはわかりませんけど」

澄人は言いながら、冷蔵庫から鶏肉（カット済み）と牛乳とクリームシチューのルー、冷凍庫から業務用スーパーで買ってきた冷凍野菜の刻みタマネギとジャガイモ、ニンジンの袋を取り出した。

「へー、クリームシチュー？　お兄ちゃんが冷凍食品でも野菜をストックしてるなんて、かなり意外」

材料を見て、清音が言った。

「まあ、最近始めたことだからな」

「織部谷さん……」

来菜子が感動したような目で澄人を見つめていた。

「えっと、あの、なんでしょう……？」

「素晴らしいですね！　包丁がなくても冷凍食品のカット野菜を駆使すればクリームシチューが作れるっていう発想、まさに自炊の知恵ですよ！」

「あはは、そもそもがズボラなんで、業務用スーパーでも、何を買っておけば楽に料理できるかなー、とかダメな方に考えちゃうんですよ。これならルーを変えればカレーも作れるし」

「いえ、全然ダメじゃないですよ。むしろ、そういう考え方こそ自炊には必要なんです。どんな材料を買うにしても、使いきるまでの献立《こんだて》をなるべく細かくイメージした方が無駄は出ないですから」

【豆知識・自炊編】

なにかと便利な冷凍食品ですが、温めれば即食べられる食品以外でも、カット野菜も種類が豊富でとても便利です。

以前に紹介したブロッコリーのみならず、ジャガイモやニンジンなどのように個別のものの他に、カレー用とか豚汁用ミックスのように、料理に合わせて複数の種類をまとめて冷凍した商品もあります。

冷凍食品は冷凍庫にさえ入れておけば生の野菜よりも日持ちもするので、上手に利用すれば自炊がグッと楽になります。

特に便利なのが『揚《あ》げナス』。

揚げるというとても面倒な一手間が省略できるのが本当に便利です。解凍してめんつゆを使えば手軽に煮浸《にびた》しが作れますし、麻婆茄子《マーボーなす》にしてもよし、豚肉や他の野菜と味噌炒めにしてもよし、ストックしてあると手軽に一品増やすことができます。

……今は便利さの話をしています。カロリーの話はしていません。いいですね？

澄人はフライパンを火にかけ、鶏モモ肉の皮を下にして焼いていく。皮の面から焼けば脂《あぶら》が出る、というのはなんちゃってチキンのトマト煮で学んだことである。

脂が充分に出てきたところで、澄人は凍ったままの刻み玉ネギとジャガイモとニンジンを雑に投入して炒めていく。

「電子レンジがあるから、先に加熱して解凍しておくべきなんでしょうけどね」

言い訳するように、澄人は言った。

「いやあ、お兄ちゃん面倒くさがりだからね、これでも全然いいと思うよ？　時間短縮にもなるしね」

「むしろ、栄養学的には正しい使い方ですよ。解凍も加熱なんで、野菜にとってはダメージになりかねないんです」

「まさかズボラなやり方が褒《ほ》められるとは……」

フライパンに水を加え、ルーを溶かし、牛乳も加えて煮込んでいく。

澄人がシチューを煮込んでいる間に、女性陣は他の料理をフロアテーブルに並べ、グラスや箸《はし》などを用意する。

澄人はブロッコリーだけは電子レンジで解凍して、クリームシチューの上に彩《いろど》りとして数個飾りつけた。

「お待たせしました、完成です。さあ、飲もう飲もう」

三人はそれぞれフロアテーブルを囲むように座った。

澄人は早速日本酒の封を開け、それぞれのグラスに注いだ。

「そういえば、清音ってもう飲める年齢なんだっけ？」

「短大を出て就職決めたんだよ？　もう立派に二十歳《はたち》になりました！」

「まあ、それはおめでとうございます」

「じゃあ、乾杯の代わりに、おめでとう！」

三人ともグラスを手に、乾杯をする。

「えへへ、ありがと」

グラスのぶつかる音が響いたあと、それぞれ日本酒を口に運ぶ。

「あら、すごくいい香りのお酒」

一口飲んで。来菜子が感嘆《かんたん》のため息を吐《つ》いた。

「確かに果物みたいな匂いだけど、味が香りほど甘くないから変な感じ」

清音は困惑《こんわく》気味に首を傾《かし》げている。

「お酒、初めてなら無理するなよ。特にこのレベルの日本酒は飲みやすさの割に度数は高いからな」

「はいはい。お兄ちゃんこそ、鼻の下伸ばして飲みすぎないようにね」

「お前なあ」

反抗的な妹分に苦笑しつつ、澄人は、

——清音は妹みたいなもんだとしても、確かに状況的には両手に花なんだよな……。

と、少し冷静になって現状を再確認した。

——ちょっと見ない間に、清音も大人っぽくなってるし……。

例えば。

「織部谷さん、しっかり野菜を食べてくださいね。はい、あーん」

「むっ。お兄ちゃん、食べるならあたしの料理だよね？　あーん」

なんて展開になったらさぞ幸せだろうなあ、なんて妄想を展開しつつも、

——まあ、こうして女の子二人が手料理を振る舞ってくれてるんだから、それって充分幸せだよなあ。

と、最近の環境の変化を噛みしめるのだった。

「そういえば、健康にこだわるのに、瀬和谷さんはお酒については肯定的《こうてい》ですよね」

酒も進んできた頃、ふと、澄人は訊いた。

考えてみれば、最初の出会いも合コンの飲み会である。今も、一升瓶の中の日本酒は三人で半分ほどまで空いている。清音の飲むペースが二人より遅いことを考えれば、なかなかのペースであった。

「そうですね。もちろん、飲みすぎたらよくないですけど、織部谷さんは今のところ無茶な飲み方はしていないようですし」

「お酒飲むより、仕事から帰ってきたらさっさと寝たいんですよね……」

「それもどうかとは思いますけど」

クスクスと来菜子は笑った。

「もしかしてとは思ってたけど、やっぱお兄ちゃんの会社って……」

「清音、それ以上は言うな」

澄人としては、特に妹のような清音にはあまり触れられたくない部分である。社畜というカッコ悪い面を見せたくないというのもあるが、就職が決まったばかりの清音に社会の闇など見てほしくはなかった。

そんなやりとりを「ふふふ」と笑って、来菜子は言葉を続けた。

「健康って、私は目的ではなく手段だと思っているんですよ」

「手段ですか」

「ええ、そうです。健康になることで美しくなる下地ができる、っていうのが私の仕事での意見ですけど、美味しいものを楽しめるのも、スポーツや趣味を楽しめるのも、健康あってこそじゃないですか」

「それは、まあ」

「そういえば、お祖父《じい》ちゃんが『老後はたっぷり趣味のプラモデルを楽しむつもりで若い頃にバリバリ働いてたけど、歳を取ったら目が悪くなって思ったより楽しめてない』みたいなこと言ってたっけ」

清音が思い出したように言う。

「戦艦とかお城とかよく作ってるけど、結構イライラしてることも多かったよな、祖父ちゃん」

かつて見た祖父の様子を思い返しながら、澄人もうなずいた。

「健康寿命みたいなことはよく言われますよね。もちろん、どの年齢でどんな健康状態になるかは運の要素も大きいと思いますけど、健康を意識して生活することで、一〇年後二〇年後に差が出ることは充分に考えられますね」

「それは確かに」

「とはいっても、やっぱり健康のことだけを考えたストイックな生活は苦痛なので、私もあんまりしたくはないんですよ。しんどいと続きませんし」

「だからお酒も飲む、と？」

清音が訊いた。

「はい、そもそもお酒が好きなので。何かを我慢してストレスを溜めるのも健康にはよくないですからね。あくまで適量を心がけて、ですけど」

再び確かに、と言いながら。澄人は来菜子のグラスに日本酒を注いだ。

「ありがとうございます。これ、本当に美味しいお酒ですね」

「ですね」

ついでに「まだいけるか？」と訊きつつ清音のグラスにも酒を注ぎ、最後に自分のグラスにも注ぐ。

「まあ、お酒も少量なら身体にいいって言いますし」

そう言いながら酒瓶を置いた澄人に対して、来菜子はちょっと困ったような、曖昧《あいまい》な笑みを浮かべた。

「それが、最近はそうでもない、という意見もあるんですよ」

「え、そうなんですか？」

「ええ。一部の効果だけを見ればお酒は身体にいい面もないわけではないんですけど、トータルで考えると、一番身体にいいのは『飲酒をしない』ことだ、っていうデータが積み上がっていってるらしくて」

「うーん、ちょっと残念というか……」

「いや、まあ、身の周りにいる大人たちを見てても、それはそうでしょ、って気がするけど」

ちびちびと日本酒をなめるように飲みながら、清音が言った。

「織部谷家は酒飲みが多いからなあ……」

「酔って転んで大怪我《おおけが》をした人から、肝臓を壊した叔母《おば》さん、心筋梗塞《しんきんこうそく》で亡くなった大叔父《おおおじ》さん、曾《ひい》お祖父さんの胃癌《いがん》は関係あるのかな？」

「まあ、うん、他にもいろいろいるね……」

澄人としても、ぐうの音《ね》も出なかった。来菜子も苦笑している。

「その話が本当なら、織部谷さんも清音さんも、家系的にも病気には気をつけた方がよさそうですね」

来菜子の言葉に、澄人も清音も不安げに黙り込んだ。

「でも、だからって好きなものを我慢し続けるのもよくないですから、上手に付き合っていくのがいいと思いますよ」

「ですね」

「あ、あたしはまだ若いし？」

強がっている清音の声も、少しうわずってしまっている。

「若いからこそ、今からしっかり気をつけるのが効果的ですよ」

いたずらっぽくそう言った来菜子の言葉に、清音は「うへえ」と顔をしかめた。

「今からずっと健康一筋のストイックで味気ない食生活を続けていくとか、絶望しかないんだけど」

「そうね。だから、リスクがあることをしっかり理解して、適度に楽しむのが一番です」

「人生、楽しくなきゃしょうがないですもんね」

「ええ、そうですよ」

そんなわけで、一同は再度乾杯をするのだった。


そんなこんなで宴《えん》もたけなわとなり、酒瓶は空き、清音はフロアテーブルに突っ伏して可愛い寝息を立てていた。

来菜子はというと、すでにある程度の洗い物を率先して済ませて、身支度をまとめ、帰る態勢を整えていた。

「ごちそうさまでした。美味しいお酒でした」

「あ、いいえ、こちらこそ、お料理ありがとうございました。駅まで送りますよ」

澄人も玄関まで一緒に行って、そう声をかける。

しかし、来菜子は首を横に振った。

「大丈夫です、一人で何度も帰ってますから」

「その点については、ホントに申し訳ない……」

寝てしまって、彼女を一人で帰らせてしまった過去を思い出して、澄人は心の底から謝罪した。

「うふふ、お気になさらず。それより、清音ちゃんの介抱《かいほう》をしてあげてください」

「あー、まあ、寝てるだけだと思いますけど、お酒も初めてっぽいですからね」

「ええ。とりあえず、目を覚ましたらお水を飲ませてあげてください。アルコールの分解には水分が必要なんで」

「わかりました」

「ふふ、可愛い従妹さんですよね。寝てるからって変なことしちゃダメですよ?」

「しませんって。あいつは妹みたいなもんですから」

「それじゃあ、また」

来菜子が部屋を出て、ガチャリとドアが閉まる。

しかし、澄人は知らなかった。

清音が薄目を開けて、一連のやりとりを苦々しげに聞いていたことを。

何が妹じゃー!　と歯嚙みしつつ、強硬手段を画策《かくさく》していたことを。

むくりと身を起こした清音は、玄関から戻ってきた澄人の手を摑んで、強引にベッドに押し倒した。

「お兄ちゃん、あたし、本気だよ……？」

「清音……」

清音はズボンをゆっくりと脱ぎ、長くて美しい脚をことさらに誇示してみせた。

「お兄ちゃん、触ってもいいんだよ……？」

澄人は清音のふくらはぎに触れ、ゆっくりと手をくるぶしの方へと移動させていき、そのまま
まつま先にキスをしようと澄人の唇が――

――そんな展開に持っていけたなら……！　あーもう、あたしの意気地なし！

そんな妄想を抱き、対抗意識を燃やしていたことも、ついに澄人が知ることはなく……。

「清音、風邪引くぞー。もう遅いから泊まってってもいいけど、寝るならちゃんと……」

そう言われて肩を揺すられつつ、清音は魂の涙を流すのだった。

＊

翌朝。

澄人のスマホがメールの着信を告げた。

「げ、上司から……?」

メールを開くと、そこには『もう君の仕事はない。クビだ』という文字が並んでいた。

「は……?」

澄人も転職を漠然《ばくぜん》とは考えていたが、いざ職を失うとなればショックも大きい。次の仕事も、今後の予定も何も決まっていない状態でそんなことを言われてしまえば、頭が真っ白になって立ち尽くしてしまうのも無理からぬことだった。

第六話　節約の女神

クビの通知を受け取って呆然とする澄人《すみと》の様子に気がついて、清音《きよね》が、

「お兄ちゃん？」

と歩み寄ってきた。そして、清音は澄人の手にあるスマホを覗《のぞ》き込んだ。

「え、ええーっ!?　お兄ちゃん、クビ!?」

楽しかった飲み会が一転、澄人は失職の危機に陥《おちい》って不安と絶望を味わうことになった。

辞《や》めたい。

辞めようか。

転職したい。

そんなことを考えてはいても、前触れもなく我が身に降りかかってきたとなれば、ショックも受けるし混乱もする。

そして何より、収入が途絶えるのだ、という事実に行き着けば絶望もするのだ。

とりあえず清音を帰らせ、どうしたものか、と思案する。

クビだろうとなんだろうと、やはり会社には行かなければならないだろうか。引き継ぎや手続きもあるだろうし、それに——。

そんなことを考えていると、ポケットでスマホが鳴った。

「はい、もしもし」

反射的にスマホを取り出して、電話に出る。

『清音ちゃんから聞いたぞ。大丈夫か？』

父の声だった。

「うん、まあ……。いきなりクビだって言われて混乱はしてるけど」

『ふむ、会社側から言われたんだな？　それを証明できるか？』

「うん、上司からのメールがあるから」

『そうか。迂闊《うかつ》な上司で助かったな。いいか、そのメールは絶対に消すな。おそらくだが、これから会社は、お前の自主退職という形にしようとしてくるはずだ』

「それって何か変わるの？」

『全然違うぞ。特に失業保険がもらえる時期が違う。自主退職では二カ月以上待たなければ保険が出ないが、会社都合なら一週間くらい待てばもらえるはずだ。給付期間も会社都合の方が長い』

「そりゃでかいね」

『ああ。ところで、クビになる理由に心当たりはあるのか？』

「最近は残業を断って定時に上がってたから、かなあ。でも、自分の仕事はちゃんと終わらせてたよ」

『それだけか？』

「うーん、他に心当たりはないなあ」

『だとしたら不当解雇の可能性もあるな。安いヤツでいいから、ボイスレコーダーを買いなさい。スマホを使ってもいい。会社とのやりとりは極力録音して、証拠を集めなさい』

「う、うん」

『それから、退職届は出すなよ。会社都合の退職の場合は必要ない。仮に書かされるとしても、文面に会社都合での退職であることをしっかりと書くように』

「わかった」

『もし手に負えないと思ったら、一人で何とかしようと思わずに弁護士を探しなさい。緊急事態だから、多少は援助もするから』

「ありがとう、助かるよ。それにしても、お父さん、詳しいね」

『父さんにだって昔はいろいろあったんだ。父さんは若い頃に焦《あせ》って会社に言われるまま手続きをしてしまって、あとになってすごく後悔してたな』

「そんな過去が……」

『まあ、どう戦うにしても、どうしたいのかはきちんと決めておけよ。会社に戻りたいのか、ある程度の金をふんだくって再スタートに備えるのか、それによって立ち回り方も違ってくるだろうからな』

「うん。助かったよ、話を聞いて少し落ち着いた」

『いざとなったら、いつでも帰ってきなさい。こっちでも仕事の一つくらいは見つかるだろうから』

最後の一言が、澄人にとっては涙が出るほどありがたかった。

もちろん、尻尾を巻いて地元に帰るつもりなどない。仕事はまた探すつもりだし、なるべく早く見つけるつもりでいる。

それでも、いざとなれば帰れる場所がある、という安心感は、心の支えとしてはかなり強固だった。


父親との電話で少し落ち着いた澄人は、上司からのメールに対して返信した。

『お疲れ様です。わかりました。退職するにしても手続きもあると思うので、今日は一応出社いたします。よろしくお願いいたします』

そして、いつも通りに髭《ひげ》を剃《そ》ったり着替えをしたりして出社の準備を整える。

——どうせ辞めるつもりだったんだから、ちょうどいいや。

一度そう腹をくってしまえば、自分で思っているより強気で事に当たれそうだった。仮にクビ宣告を撤回させたとしても、待っているのがより居心地の悪くなった職場と変わらない社畜の日々だと思えば、不安こそあれど未練はなかった。

いつもよりゆっくりと出社して、あいさつもそこそこに私物の整理を始める。

その後、上司に呼ばれ、父親の予想通り、

「辞めてもらうから、退職届を出しなさい」

と命じられた。

「いやです。会社都合での退職には届けは必要ないと聞きました。課長からのクビ宣告のメールも保存してありますので、こちらの都合での退職ではないことは明白です。しっかり会社都合で処理してください」

課長が苦虫を噛み潰《つぶ》したような顔をする。

「ちなみに、この会話も録音しています。必要なら労基に駆け込むつもりも、弁護士を探すつもりもありますので」

この一言が効いたのかどうかはわからないが、結果として、澄人はこれまでのサービス残業分の残業手当を支払わせた上で、すんなりと会社都合で退職することができた。

かくして、澄人は無職となったのである。

無職になっても、やるべきことは案外多い。

雇用保険――いわゆる失業保険の申請や手続き、次の仕事探しのためにハローワークに出向かなければならないし、雇用保険の受給資格が確定したあとは雇用保険受給者初回説明会というものに出席して必要な書類を受け取らなければならない。

そして、失業中は失業の認定を定期的に受ける必要がある。原則四週間に一度、「失業状態にあること」を証明しなければ失業保険は支給されない。さらには、その期間内に一定以上の就職活動の実績が必要にもなる。

そもそも、澄人としても無職状態をずっと継続したいわけではない。

ハローワークに通って職を探しつつ、ネットで就職サイトに複数登録し、サイトのアドバイザーと相談してエントリーシートや自己ＰＲの文章などを作成する。

また、ハローワークの帰り道にフリーの求人誌なども片っ端《ぱし》からもらってきて、いい仕事がないかを探す。

社畜をしていた頃ほどの多忙さはないが、少なくとも、澄人が思っていたより一日が過ぎていくのは速かった。

＊

——求人がないわけじゃないけど……でも、今度はブラックじゃないちゃんとした企業がいいし、慎重に選ばないとな……。

その日も、澄人はハローワークに行って職探しをしたあと、フリーの求人誌が置いてあるスポットを回りつつ帰ろうか、と街を歩きながらそんなことを考えていた。

と、コンビニの陰からひょっこりと清音が現れた。手には大きなレジ袋を持っている。偶然というよりは、明らかに澄人が来るのを待っていた、という感じだった。

「お兄ちゃん！」

「あれ、清音、仕事は？」

現在、平日の昼間である。

「今日は休みだよ。うちの会社、年中無休だからシフト制なんだよね」

「なるほど」

「仕事。見つかりそう？」

「いやあ、なかなか難しいね。求人はあるけど、給料が安すぎたり、ブラックの気配がビンビンだったり……」

「あー。景気悪いってみんな言ってるもんね」

「うん、でも、ブラック企業からせっかく脱出できたんだし、ここで妥協《だきょう》するべきじゃないと思うんだよね」

「そうだねー」

そして清音は、「あ、そうだ」と思い出したように、手に持っていたレジ袋を差し出した。

「差し入れ。失業保険は出るだろうけど、それでも厳しいかなって」

「あー、ごめん。でも、今はマジで助かるよ」

澄人が受け取ったレジ袋の中には、大量のカップ麺が入っていた。

そんなやりとりをしているところに、背後から「織部谷《おべや》さん」と声をかけられた。

振り返ると、そこには来菜子《きなこ》の姿があった。

「清音さんも、こんなところで何を？」

「あ、瀬和谷《せわや》さん。実は——」

澄人は、この前の飲み会のあとに何があったのかをかいつまんで説明した。

クビの宣告を受けたこと。父の助言に従って、会社といろいろ交渉したこと。会社都合扱いでキッチリ辞めて、今は求職中であること、などなど。

「なるほど、そんなことが……。それで、清音さんはカップ麺を差し入れた、と」

「そーです。あたしが来て何か作れる日ばっかりじゃないんで。これならズボラなお兄ちゃんでも簡単に作れるし、日持ちもするし」

えっへん、と清音は自信満々に胸を張った。

「まあ、そうですね、便利なのは否定はしませんけど、うーん」

来菜子は難しい顔をする。

「健康マニアの瀬和谷さんとしては、そういう反応になるのはわかりますけども」

澄人は苦笑した。

カップ麺は身体に悪い。

澄人とて、そんなことは知っている。

「そうですね。どうしても原材料が小麦で、油で揚《あ》げてある場合も多いのでカロリーや脂質が多めですし、塩分も高いので、正直、あんまりオススメはできないです」

「ですよねー。まあ、だから美味《おい》いんでしょうけど」

「まあ、最近はノンフライの麺だったり、カロリーを抑えて野菜を多めに使っているような商品も出てきてはいるので、必ずしも全部がダメとは言いませんけど」

「ふふん、ちゃんと考えてます！　差し入れたカップ麺、ほとんどはカロリーが四〇〇以下のノンフライのヤツですから！」

「なるほど、さすがですね。ただ、一番の問題は別にあるんです」

「そうなんですか？」

澄人の問いに、「はい」と来菜子はうなずいた。

「カップ麺って、それだけで食事が完結しがちじゃないですか」

「あー、それはそうですね。別に副菜とか作るなら、カップ麺じゃなく主食も作っちゃう気がしますし」

「手軽にパッと作れるのはすごい発明だと思うんですよ。ホントに疲れてるときなんかは簡単な料理すら億劫《おっくう》なことはありますし。でも、やっぱりカップ麺ばかり食べるような生活が続くと、ビタミンとか食物繊維とか、それ以外にも、必要な栄養素が足りなくなっちゃうんです」

「それは……まあ」

清音はバツが悪そうに視線を逸《そ》らす。

「ですよねー」

澄人としても、納得するしかない。

「たまに食べる程度なら否定はしませんけどね」

くすっと来菜子は笑った。

「カップ麺は確かに炭水化物と塩分が多めなのは問題ですけど、最近のはタンパク質やビタミンBとかカルシウムが強化されている商品も多いんです。なので、世間で思われているほど悪くなかったりするんですよ。ただ、どんな食品でも、同じ物ばかり食べ続けたら栄養失調にはなってしまうんです」

「そうは言うけど、お兄ちゃんは失業中なんだよ？　次の仕事が決まるまでは節約生活するしかないんだからさー」

清音が唇を尖《とが》らせる。

「そうですねえ」

来菜子は周囲を見回した。

「あ、織部谷さん、あのお店に寄っていきませんか？」

来菜子は近くにあった一〇〇円ショップを指さした。

「え、いいですけど、何を？」

「いい機会ですから、自炊を本格的に始めませんか？　この間のクリームシチューは普通に美味しかったですし、次のステップに進む段階だと思うんですよ。それに、節約を考えるなら、少し初期投資をした方が結果的にいいと思うんです」

そう言って、来菜子はお店に向かって歩きだした。

澄人と清音は、慌《あわ》ててその背中を追いかけるのだった。


来菜子はまず、一〇〇円ショップの調味料のコーナーに向かった。

「とりあえず、ここで少し調味料を揃《そろ》えましょう」

「へえ、こんなのも売ってるんですね」

感心したように、澄人は商品棚を見回した。

大きな棚に様々な調味料がずらりと並んでいる。どれも小さなサイズで、ちょっと買って試してみるにはよさそうな分量に思えた。

「はい。こだわりだすと、もっと本格的なものを揃えたくなりますけど、最初はこれで充分です。小ぶりなサイズの商品が多いので、一人暮らしでもそんなに持て余しませんし」

「確かに。あたしもちょっと買っていこうかな」

清音はそう言いながら、すでに商品棚の物色を始めていた。

「清音さんみたいにもう自炊をしている人は、使ったことがない調味料なんかを試すにもいいサイズ感ですよね」

「うん、一〇〇円だしね」

「とりあえず、織部谷さんは塩、コショウ、醤油、めんつゆ、ごま油あたりは常備しましょう。このあたりがキッチンに揃ってると便利ですよ。あとは鶏《とり》ガラスープの素《もと》も欲しいんですけど……これはスーパーでちょっといいのを買いましょう」

「はい」

澄人は言われるままにいくつかの調味料を買い物かごに入れた。

「それから、計量スプーンやザル、ボウル、キッチンタイマー、調味料入れなんかの小物もここで揃えちゃいましょう」

「え、そんなものも売ってるんですか？」

「ええ、最近の一〇〇円ショップはすごいんですよ」

来菜子は先頭に立って、キッチン用品のコーナーへと移動した。

「へえ、マジかー」

澄人の口から感嘆《かんたん》の声が漏《も》れた。

キッチン用品コーナーには、まあ一〇〇円で買えるだろう、と思えるような小さな容器や皿などの他、明らかにもっともっと高そうなフライパンや鍋なども並んでいた。

「さすがにフライパンなんかは五〇〇円とかしますけどね」

「いや、それでも安いですよ」

「そうですね。まな板やお玉、ザル、ボウルなんかは最初はここで揃えちゃってもいいと思いますよ」

「そうですね。包丁もありますけど……？」

「うーん、個人的には、刃物は少し値が張ってもある程度いいものを買った方がいいと思います。値段を考えれば充分だとは思うんですけど、やっぱり切れ味の持続に不満が出ます。切れ味が落ちてくると、変に力が入って危なかったりするんで」

「なるほど」

「逆に他のキッチン用品は実用品としてものすごく有用です。もちろん、高級品やブランド品になれば機能性もデザイン性もグッと優れた商品もありますけど、最初は最低限の機能さえあれば問題はないですから」

「デザイン性はともかく、その辺の道具の機能性が高いのってちょっと想像できないっていうか……」

「例えばまな板なら、薄くなったり、単体で立てて収納できる工夫があったり、折り曲げられる素材で、切った素材を鍋に移しやすかったり」

「ちょっと言葉で聞いても想像しにくいけど、まな板一つとってもずいぶんいろんな工夫があるんですね」

「デザインも、好みの色で道具を統一したり、使いたくなるような素敵な道具を揃えると毎日のお料理が楽しくなるんでオススメですけど、そういうのは自炊が習慣になったあとの次のステップだと思うので」

「ですね」

「包丁は別のところで少しよいものを選ぶとして、キッチンばさみなんかはここで買ってもいいと思いますよ。はさみなら変な使い方をしなければ危なくもないでしょうし、ちょっとした薬物を切るくらいなら充分ですし」

「じゃあ、まな板とキッチンばさみと、お玉と計量スプーンとボウルとザルは初期投資と割り切って買っちゃいます」

　澄人はキッチン用品をどんどん買い物かごへと入れていった。

「ところで、お仕事を辞めたなら、以前ほど忙しくはないですよね？」

「それは、まあ」

「こう言ってはなんですけど、いい機会だと思いますよ。以前の織部谷さんの働き方は、ちょっとどうかと思っていたので」

「ですね。確かに無職という危機感はストレスですけど、最近は身体の調子がいいんです。自炊してちゃんと栄養摂《と》って、しっかり寝てるからですかね」

実際、仕事を辞めて以来、ずっと澄人を悩ませていた身体中の凝《こ》りやしんどさはパッタリと消えていた。寝起きも便通も食欲も、すこぶる快調である。

「仕事は別のを探せばいいですけど、身体はそうはいきませんからね」

「ホント、それを実感してます」

二人がそんな話をしている間に、清音はいくつかの調味料を早くもレジに持っていって会計を済ませていた。

それにしても、と澄人は思う。

こうやって来菜子と買い物をする、というシチュエーションはこれまでもあったものの、今回はなんとなくこれまでのケースとは趣《おもむき》が違っていた。

食材を買うときなどは、もうどんどん来菜子が買うものを選んで澄人は見ているだけだったわけだが、今回は一つ一つを吟味《ぎんみ》しながら、二人で買い物をしている感覚が強い。

——なんか、ちょっとデートっぽいというか、新婚っぽくもあるような……。

実際にはあれはどうか、これはどうか、と適当に手に取りながらアドバイスしてもらっているだけなのだが、澄人にしてみればそれだけで充分に楽しい時間だった。

「差し当たって、ここで買うのはこんなもんでいいですかね？」

「そうですね。欲を言いだせばキリはないですけど、最低限の調味料と道具はこれで大丈夫だと思います。あとは、自炊する中で必要だと思ったものを買い足してもらえれば」

「じゃあ、とりあえず買ってきますね」

　澄人はレジで会計を済ませた。無職の現状、出費は痛かったが、それでも合わせて二〇〇〇円しない程度である。今後は余裕ができた時間で自炊可能なことを考えれば、実に割のいい投資であった。

　一〇〇円ショップを出るなり、来菜子は、

「どうせラーメンを食べるなら、カップ麺よりもっと美味しくて健康的なものを作ればいいと思うんですよね」

　と言った。

「でも、カップ麺より安く作るなんてできるんですか？」

　懐疑的な目を向けつつ、清音が訊《き》く。

　その点に関しては、澄人も同じことを思った。

　カップ麺にもいろいろあるが、安いものなら一〇〇円台、どんなに高くてもコンビニなどで並んでいるものなら三〇〇円から四〇〇円といったところだろう。

その金額で、美味しくて健康的なラーメンなど作れるのだろうか？

「さすがに一〇〇円とか、それ以下のカップ麺ほど安く作るのは無理ですけど、最近はカップ麺もどんどん高くなってるじゃないですか。二〇〇円三〇〇円するようなカップ麺よりは安くて野菜も摂れて、しかも負けないくらい美味しいと思いますよ」

そう言われても、清音は疑わしい、という目を向けている。

「とりあえず、スーパーに寄って、麺と野菜と鶏ガラスープの素を買っていきましょう」

来菜子はそう言って、どんどん先へと歩きだすのだった。


買い物を終えて澄人のアパートに着くなり、

「ところで、電気ポットはありましたよね？　お湯って沸いてます？」

と来菜子は訊いた。

「ありますよ。カップ麺には、まあそれなりにお世話になってますんで。すぐ沸かします」

澄人は返事をするなり、電気ポットに水を汲《く》んでお湯を沸かす準備を始めた。

「じゃあ、タンメンを作りましょう。材料は野菜炒《いた》め用のカット野菜約一〇〇円と、生の中華麺三食入り約二〇〇円です。中華麺は一食あたりだと七〇円くらいですね」

買ってきた材料を並べて説明しつつ、来菜子はフライパンに水を張ってコンロにかけた。

「まずは麺を茹《ゆ》でるお湯を沸かしていきます」

「あれ、でもこの麺、スープがついてないですよ」

澄人が麺を手に取って首を傾《かし》げた。

「はい、だから安いんですよ。スープは別に作ります」

「それで鶏ガラスープの素を買ったんだ」

清音が呟《つぶや》く。

「はい。ちょっと高級な鶏ガラスープの素を買っておくと、それだけで味がしっかり決まるので楽なんですよ」

言いながら、来菜子は次にレンジでも使用可能な耐熱皿を取り出した。その上にカット野菜を盛りつけていく。

「タンメンに載《の》せる野菜は、電子レンジで作っていきます。もう一つお鍋があって、それを麺に使えるなら、フライパンで野菜炒めを作ってもいいんですけどね」

「鍋がもう一個あっても、うちのキッチン、コンロが一口しかないので……」

申し訳なさそうに澄人が頭を掻いた。

「ワンルームだとどうしてもそういうとこ、多いよね」

清音もうんうんとうなずく。

「自炊をするなら、コンロは二口あると何かと便利なんですけど、これぱっかりは物件の備え付けですからねえ。少しお金はかかりますけど、卓上用のカセットコンロを買って、もう一口コンロを増やすというのも手ですよ」

「あー、実家で鍋とかやるときに使ってたアレ」

「なるほど、その手があったか」

清音もそんなことを言いだすあたり、今住んでいる部屋のキッチン環境には不満があったのかもしれない。

そうこうしている間に、来菜子は野菜を盛った皿にラップをかけて電子レンジへと投入した。

――それにしても、瀬和谷さん、相変わらず料理の手際《てぎわ》がいいなあ。

ついつい澄人が見蕩《みと》れてしまうのは、来菜子が美人だからとか、スタイルがいいからとか、それだけではなかった。料理の手際のよさというのは、それだけで目を惹《ひ》く魅力があるのだ。

――いまどき、料理を全部女性に任せるっていうのは時代錯誤なのかもしれないけど、やっぱ料理をしてる女性って、すごく素敵なんだよな……。

そんなことをぼんやりと考える澄人の脳内では、すっかり気分は新婚さんモードだった。

「生のそれ、入れてください」

「えっ」

ややピンク色の妄想が始まりかけていたところにそんなことを言われて、澄人は戸惑《とまど》ってしまった。

もう完全に、エロい発言にしか聞こえない。

脳がピンク色に支配されつつあった澄人は、それが生麵をお湯に入れろ、という意味であることを理解するまでに数秒かかってしまった。

「もう準備はできてますから……さあ、早く」

さらに、来菜子が言う。

――だから、主語とか目的語を省《はぶ》くと、どうしてもエロく聞こえちゃうんだよ……！

煩悩《ぼんのう》と格闘しつつ、澄人は麵を一玉分、沸騰したお湯の中に投入した。

【豆知識・レシピ編】

簡単タンメンは本当に簡単に作れるタンメンです。

材料は、生麵（スープなしのもの）、カット野菜（野菜炒め用）、鶏ガラスープの素（小さじ二杯）、ごま油（適量）。塩コショウ（適量）、お湯（三〇〇～三五〇cc）、お好みで豚肉など。

お湯を沸かし、麵を茹でます。このお湯は材料として書き出したスープ用のお湯とは別で、麵を茹でる用のお湯です。鍋の深さなどによって量は変わりますが、理想は麵に対して二〇倍と言われています。

ただ、それだと三リットルとかになってしまうので、ちょっと難易度が高いです。なるべく大きな鍋で、たっぷりめのお湯で茹でるよう心がけると美味しく仕上がります。吹きこぼれそうになっても差し水はせず、火加減を落とすなどして調整してください。

麺を茹でるのと同時進行で、カット野菜をレンジで使えるお皿に盛りつけ、ラップをかけて加熱します。目安としては六〇〇ワットで二分くらいです。豚肉を加える場合は、野菜の上に広げて被《かぶ》せるように配置しましょう。一手間かけて豚肉に下味をつけておくとさらに美味しくなります。

いったん取り出した野菜はごま油と塩コショウを適量かけて混ぜ、ラップなしでさらに一分ほど加熱して、具の野菜炒めはできあがり。

麺が茹で上がる頃を見計らって、どんぶりに鶏ガラスープの素を入れてお湯を注ぎ、そのスープに茹で上がった麺を入れます。麺はザルでしっかりお湯を切りましょう。

スープと麺の上にレンジで作った野菜炒めを載せたら完成です。

コンロが二口あって、鍋やフライパンが複数あるのなら、当然野菜炒めはフライパンで作っても問題ありません。その際は、野菜炒めが仕上がったところにスープを加えてひと煮立ちさせると本格的になります。

慣れてきたらスープに料理用の酒や白だしなどをちょっと加えてアレンジすると、より味に深みが出ます。

「麺の茹で時間は商品の説明書き通りでいいですけど、三〇秒くらい短くてもいいかも。スープの熱でも麵に火が通っていくんで、食卓まで運んだり、食べ始めるまでの時間も逆算するといいですよ」

来菜子はお湯の中の麵を菜箸《さいばし》でほぐしながらそう説明した。

「俺、麵は固めの方が好きっすね」

「だったら、早めに麵は上げましょうか」

茹でている麵の様子を見ながら、来菜子は手際よく野菜炒め作りも進めていく。

一度加熱した野菜に調味料をかけて混ぜ合わせ、再度レンジに入れて、今度はどんぶりを取り出した。

そしてどんぶりに鶏ガラスープの素を入れて、電気ポットからお湯を注ぐ。

「ちょっと高級な鶏ガラスープは、ホントにこれだけで美味しいんでオススメです。少々高いですけど、ここはケチらない方がいいと思います」

茹で上がった麵をザルに開けてお湯を切り、スープが入ったどんぶりへ。

そして温め終わりを告げたレンジから野菜炒めを取り出し、それを手際よくラーメンの上へと盛りつけた。

「はい、これで包丁要《い》らずの簡単タンメンのできあがり」

「すごい、包丁なしでもタンメンが作れるんですね」

「ううー、悔しいけど簡単な上にメッチャ美味しそう……」

「野菜炒めに豚肉でも加えたら手軽にグレードアップできますよ」

三人はラーメンのどんぶりと取り分け用の小皿などを持って、フロアテーブルへと移動した。

そしてそれぞれちょっとずつ小皿に取って、試食する。

「……！」

澄人は一口食べて、驚いた。

まず、麺の食感が素晴らしい。つるりとした口当たり、噛んだときの弾力、そして喉越《のど》しの心地よさ。

美味《うま》いと評判の店で食べる麺と遜色《そんしょく》ないのではないか。

誇張なしで、澄人はそう思った。

スープも鶏ガラスープだけで美味くなるのか、と不安はあったが、全然悪くない。

きちんと鶏の旨味《うまみ》と香りが効いているし、野菜炒めから溶け出したごま油の香りも加わって、かなり美味い。

もちろん、店で食べるタンメンにはキクラゲや豚肉など、もっと具の種類は多い。ちゃんとしたお店のスープの深みには及ぶべくもないだろう。が、家で作るタンメン、しかも格安で全然手間もかかっていないとなれば、コストパフォーマンスは最高なのではないか、とお世辞抜きで思った。

具の野菜炒めも、レンジで温めただけとは思えない。シャキッとした歯応《はごた》えが残ったキャベツヤもやしの食感が麺との相性もいいし、ニラの香りもいい。

ここに豚肉を加えるというグレードアップ案もかなり魅力的に思えた。それ絶対美味いじゃん、と。

「うっま……！」

素直な感嘆が口から漏れる。

来菜子の手際がよすぎるので、かかった時間は少し参考にならないとしても、これで値段的に一食あたり二〇〇円を切っているとなれば、信じがたい逸品《いっぴん》だった。

「うん、まず麺がすっごい美味しい！　歯応えもいいし、喉越しもいい！　ぶっちゃけ、袋の即席麺でいいじゃん、スープもついてるし、って思ってたけど、これは断然こっちかも！」

清音も素直にベタ褒《ぼ》めしている。

「即席麺も最近は相当美味しくなってるし、日持ちもするから、一長一短ではあると思いますよ。でも、一食あたりのコストを考えるとそんなに変わらないから」

「生、すごいんですね」

清音が言った。

「個人的には、断然生の方がいいかなって」

もちろん、麺の話である。

「そう、生は最高なの」

来菜子もうなずく。

――いや、ええと、生麺のことだとはわかっていても、こうも女の子の口から生を絶賛する言葉が出てくると、さすがに……。

それでも、思わずにはいられない。これまでの話が、全部そっち系の意味での会話だとしたら、と。


「織部谷さんも、生の方がいいですよね……？」

澄人にしなだれかかってくる来菜子は、エプロンだけを身に着けたけしからん姿をしていた。

そんな格好で、胸の膨《ふく》らみを澄人の腕に押しつけながら、来菜子は唇を澄人の耳元に寄せて、

「生で」

と囁《ささや》く。

反対側からは、同様に裸エプロン姿の清音が詰め寄ってくる。

「お兄ちゃん、もちろん、生の方が好きだよね……？」

「え、うん、まあ……そう、かな……」

目のやり場に困って、澄人は視線を彷徨《さまよ》わせた。

「ふふ、チュルっと入ってくるのがいいんですよね」

来菜子が言った。

何がどこに入る話なのだろうか。

自分の何かが来菜子のどこかに入っていく、という想像をしてしまいそうになって、澄人は必死で煩悩を掻き消そうと自分の尻をつねった。

「シコシコしてるのも最高だし」

清音が言った。

掻き消したはずの、何かがどこかに入った想像の続きが、そのあとの展開が脳内で急速に像を結び始めた。

妄想と現実のセリフが入り交じる。

何もかもがエロく聞こえるが、そして澄人は自《みずか》らの煩悩と想像力に苛《さいな》まれているが、言うまでもなく生麺の話である。

それはそれとして、鼻の下を伸ばして妄想中の澄人を見て、清音は頬を膨らませていた。

——そりゃ、瀬和谷さんは美人なのは認めるけどさ。

あたしだって。

料理がもっと上手くなれば、掃除がもっと得意になれば。

そうすれば、きっと——。

料理を振る舞う機会も増えるだろう。そして、

「美味しかったよ、清音」

なんて言われる展開だってあるはずだ。

――言われたい……！　超言われたい！

さらには、

「でも、清音が一番美味しそうだ」

――なんて言われちゃったりして。きゃー、ヤダヤダ！　お兄ちゃんったら、そんな大胆な……！

そんな妄想が、清音の脳内でどんどん展開されていった。

清音の脳の中にしかいない、現実より二割増しイケメンの澄人が、現実では絶対に発しないようなイケメンボイスで、

「清音を生で味わいたいな」

などと甘く囁く。

清音の脳内の清音は、そんな頭の悪い囁きにさえ顔を赤くして身もだえ喜んでしまうのだった。

「清音の……足を」

「え」

困惑《こんわく》する清音の足に触れ、澄人は靴下を脱がし始めた。

「えっ、えっ」

恥じらい、困った素振りをしつつ、清音は澄人になされるがままだった。

そして、澄人は靴下を脱がした清音の足の指に顔を寄せていく。

――生で味わいたいって、あたしの足!? やだ、お兄ちゃん、マニアックすぎ……。

それでもまんざらでもなさそうな清音は、はにかんだように赤くなった顔を両手で被って指の隙間からドキドキしつつ澄人の挙動を見つめる――。

取り皿のタンメンをチュルチュルと食べながら、来菜子は澄人を見やり、次いで清音を見やった。

二人とも、緩《ゆる》い顔でぽややんと呆けている。

ときおり、澄人は上の空になることがあるなあ、とは思っていたが、清音もとは。

――従兄妹《いとこ》なんだなあ。

どことなく似ているところがある二人を微笑ましく見守りながら、来菜子は、

――タンメン、伸びなきゃいいけど。

そんなことを考えていた。

幕間その三　清音の追想

清音《きよね》にとって、澄人《すみと》は五歳上の従兄《いとこ》である。

従兄ではあるが、お互いの実家は近く、歩いて行き来できる距離であった。

昔から、澄人は面倒見がよかった。清音は共働きの家庭で一人っ子として育ったが、両親の帰りを待つ間、一人きりだった記憶はほとんどない。清音が一人になることがないよう、常に澄人が気を遣《つか》ってくれていた。

だから、物心ついた頃には清音は澄人と一緒にいるのが当たり前だったし、いつだって一番頼りにしていたし、澄人の後ろをついて歩くのが日常だった、もちろん、そうした日々は、前ほどではなくなったにせよ、清音が小学生になってからもしばらくは続いた。

幼い清音にとって、澄人は何でも知っていて、どんな遊びでもすごく上手《うま》くて、そしていざとなれば必ず助けてくれるヒーローだった。

昔、まだ幼かった頃、清音は迷子になったことがある。

清音が小学二年生のときの話だ。当時、澄人は中学一年生になっていた。

中学生ともなれば、部活動に所属して練習に打ち込みもするし、同年代の友人たちと遊びに行くこともある。清音はこの頃もよく澄人に面倒を見てもらっていたが、その頻度《ひんど》は減り始めていた。

その日も、澄人は友人たちとどこかへ遊びに行っていた。

澄人の部活の練習がオフだったということもあるが、何より、清音の母が休みで家にいるから、ということで、澄人が子守りに駆り出されなかったというわけである。

しかし、それは澄人も含めて大人たちだけの事情であり、清音としては知ったことではなかった。

そのときの動機を、清音はもうよく覚えていない。

絵や粘土で作った会心の作を見せたかったのかもしれないし、小学校で何か話したくなるような出来事があったのかもしれない。あるいは、ただ単にさみしかっただけかもしれない。

とにかく、その日、清音は澄人と会うことができず、そして澄人に会いたいという気持ちが大きかった。

——お兄ちゃんにあいにいこう。

そう考えて、清音は実行に移した。

小学二年生はまだまだ子どもではあるが、親が手を焼くほどの体力が育っていたりするものである。その体力で思いきりよく歩いていけば、いつもの生活圏など簡単に飛び出して、そこそこ遠くまで行けてしまうのだった。

――こっちなきがする。

分かれ道に出合っては、清音は勘を頼りに前進していった。

――たぶん、こっち。

丁字路《ていじろ》や三叉路《さんさろ》を何度か抜けたところでふと立ち止まると、そこはもう清音にとって馴染《なじ》みのない見知らぬ街だった。

それに気がついた途端に、急激に不安が心に広がっていく、心細さに涙がこぼれそうになるまで、数秒とかからなかった。

すでに空は茜《あかね》色に変わり始めている。

夕陽に照らされて赤く染まった街と、道行く大人たちの長い影が恐ろしいもののように見えて、清音はその場にへたり込んでしまった。

ここはどこ？

お兄ちゃんはどこ？

不安と恐怖が心を塗り潰《つぶ》していく。

怖い。

助けて。

声を出せば涙がこぼれてしまいそうだった。

それでも、もう我慢することはできなかった。

お兄ちゃん——。

そう叫ぼうとして口を開いたその瞬間、

「清音！」

背後から、声が飛んできた。

聞き覚えのある声。

自分の名を呼ぶ声。

その声に振り返ると、今まさに呼ぼうとしたお兄ちゃんその人がいた。

大きく肩を上下させ、息を切らせて、制服姿の澄人が駆け寄ってくる。

「お兄ちゃん……！」

立ち上がって、清音も澄人へと駆け寄る。すでに涙腺《るいせん》は決壊し、言葉にならない「お兄ちゃん」を連呼しながら抱きついて泣きじゃくっていた。

澄人の胸に飛び込んでもなお、涙は止まらなかった。

ただ、恐怖はもうすっかり消えていて、嗚咽《おえつ》も涙も安堵《あんど》から来るものになっていた。

「どうしてこんなところに？」

泣きじゃくる清音の背をさすりながら、澄人は訊《き》いた。しかし、涙と嗚咽が止まらなくて、上手く言葉が出てこなかった。

澄人はそれ以上は何も訊かず、しばらくは何も言わずに清音の背中をさすり続けてくれた。

そして、澄人は少し清音が落ち着いてきた頃を見計らって、

「帰ろっか」

と言った。

「歩ける？」

清音は澄人の胸に顔を埋《うず》めたまま、首を横に振った。

歩けないということはなかったけれど、ただただ甘えたくての反応だった。

「そっか。じゃあ、おんぶしてやるから」

しがみつく清音の身体を一度引き剝《は》がし、澄人は背を向けてしゃがみ込んだ。

清音は迷わず澄人の背に身を預けた。

よいしょ、と清音を背負って澄人が立ち上がる。そして、帰り道を歩き始めた。

広くて大きい背中。

軽々と自身を背負って歩く力強さ。

安心感を与えてくれる温《ぬく》もり。

このとき、まさに澄人はヒーローだった。

自分のピンチに颯爽《さっそう》と登場したのだから、清音の心にそんな印象が刻まれたのは当然と言えば当然だった。

「……お兄ちゃん」

澄人の背中で、まだ涙声のまま呼びかけた。

「ん？」

「あたし、お兄ちゃんのお嫁さんになりたい」

それを聞いて、澄人は「ははは」と小さく笑った。

失笑だったのか、苦笑だったのか。

「大きくなったらな」

澄人にとっては、子ども相手に軽くあしらった程度の発言だったのだろう。

しかし、清音にとって、それは本気の約束だった。

もちろん、清音も中学生になり、高校生になり、その成長の過程で、その約束がなんの効力も持たないことは理解していた。

それでも、その約束を実現させたい、という原動力を明確に意識し始めたのは、あの瞬間だったのだろう、と思う。

あとで聞いた話によれば、清音の母親から「清音がいない」と連絡を受けて、澄人は一緒に遊んでいた友人たちに協力してもらい、方々を手分けして探し回ったのだという。

それを聞いたときには申し訳なかったという気持ちも湧いてきたが、自分のために友人たちに頭を下げてまで必死に探してくれたのだと思うと、それが嬉しかった。

その日から、清音はずっと「大人の女性」に憧《あこが》れてきた。

澄人が中学生のときには中学生の女子に憧れ、澄人が高校生のときは女子高生に憧れた。

同い年だったら。

せめて、一歳か二歳の差だったら。

そう思わなかった日はなかった。

＊

清音が澄人に憧れていたのは、小学生の頃だけではない。中学に上がっても、高校に上がっても、その気持ちに変わりはなかった。

中一になった頃には、清音は両親から、実は澄人は清音の面倒を見る代わりに小遣《こづか》いをもらったりしていたのだと教えられたりもしたが、納得こそすれ、そこに文句をつける気にはならなかった。

中学生の男子が小学生の従妹の面倒を見返りもなしに親身に見る方がどうかしている、と思えるくらいに分別がついてからそれを知ったというだけのことであった。

とにかく、清音にとって、澄人はずっとヒーローのような存在だった。

幼い頃の五歳差である。身体的にも知力的にも、清音と澄人の能力には、当たり前だが圧倒的な開きがあった。

公園に行けば、どんな遊具も完璧に使いこなしてみせる。

勉強を教われば、何を訊いてもわかりやすく説明してくれる。

音楽や映画など、清音が知らなかった新しいものを教えてくれる。

清音の目から見れば、澄人は何もかもを完璧にやってのける最強のお兄ちゃんだったわけである。

清音が中学生になると、当然、澄人は高校生になっていた。

思春期ともなれば、男女を問わず、年上の異性が魅力的に見えるものである。清音の中で漠《ばく》然《ぜん》とした「大好きなお兄ちゃん」から「大好きな年上の異性」へと気持ちが変化していったのもこの頃だった。

何しろ、同じクラスの男子たちはまだ小学生の名残《なごり》を引きずっているのに対して、五歳上の従兄は高校生、刻一刻と成人に向かっている段階にあるのだ。大人の風格が漂い始めている従兄と比べてしまうと、同年代の男子は幼稚に見えてしまった。

中学生になると、さすがに毎日のように面倒を見てもらっていた小学生の頃より会う機会は減ったが、それでも「勉強を教えて」など、何かと理由をつけて、清音は澄人に会う機会を作ろうと画策《かくさく》した。その甲斐もあって、週に一、二度はコンスタントに会えていた。

しかし、清音の中学生活も後半に入ると澄人は受験生となり、大学生になって他県の大学へと進み、一人暮らしを始めてしまった。さすがにそうなっては気軽に会うというわけにはいかなかった。

電話、メール、ＳＮＳ……。あらゆる手を駆使してつながりは維持したが、澄人が帰省する夏と冬の長期休暇シーズンくらいしか会えなくなってしまった。

そこで清音は考えた。その頃になると、もう清音も高校生である。自分の進路について決めなくてはならない時期だ。

——会えないなら、会えるように進路を調整すればいいのでは？

一度そう考えてしまったら、それ以外の目的はどうでもいいような気さえしてしまった。

そこで、清音はまず、澄人からそれとなく志望する就職先を聞き出した。

短絡的に「澄人の通う大学か、その大学に近い学校を狙う」と考えてしまいそうなものだが、五歳差は学校では入れ違うのが常である。四年制の大学であっても、清音が入学する頃には澄人は卒業したあとなのだ。

——大学がある土地で就職するとは限らない。もっと都会を目指すかもしれないし、ＵターンもＩターンもあり得る。

そう考えられるくらいには、清音は成長していたし、真剣だったし、策士であった。

澄人から聞き出した志望企業について調べ上げて、清音は狙うべき地域を定めた。

——第一志望、第三志望、あと下位に挙げてた会社もいくつか重なるＣ県が現状では一番可能性が高い……！

その圏内から大学や短大をピックアップして、どこを志望校にするか絞り込んでいく。

が、その段階で別の問題が発生した。

両親が揃《そろ》って、

「女の子が一人暮らしなんて、ダメだ！　実家から通える進学先にしなさい」

と言いだしたのだ。

この問題は、清音には解決不可能に思えた。どう説得しようと試みても、父も母も「実家から通える学校にしろ」の一点張りで、もはや清音の話を聞いているかどうかさえ怪《あや》しく思えた。

「というわけでね、お兄ちゃんにはうちの頑固な両親の説得を手伝ってほしいの」

澄人が帰省した冬、清音が高校一年生、澄人が大学三年生の年に、清音は自分の秘めた想いについては伏せて、澄人に相談した。

「でも、お前まだ高一だろ？　進路決めるには早すぎないか？」

「そんなことないよ。年が明けたらすぐ二年生になるし、受験の準備を二年生から始めるなんて珍しくないでしょ。目標がハッキリしてるなら、早くから始めるに越したことないじゃん？」

「そりゃまあ、確かに」

お前ってそんなに真面目《まじめ》だったっけ？　などと笑いながらも、澄人は清音の主張を真剣に聞いてくれた。

「でもさ、一人娘だから心配だっていうのもわかるし、叔父《おじ》さんと叔母《おば》さんの言うことももっともだと思うぞ？　学費や仕送りを出してくれるスポンサーの意向には逆らえないしなあ。地元の学校じゃダメなのか？」

「これを見て」

清音は短大のパンフレットを広げて見せた。そして、講師陣の紹介ページの一点を指さした。

「この人、有名な女流作家なの。来年から講師としてこの短大に招かれて、授業をやるんだって。あたし、大ファンでさ」

パンフレットの上に、一冊の文庫本を置いた。その表紙には、講師として名を連ねている女性と同じ名前が印刷されていた。

その理由はまったくのウソではなかった。実際に清音はその女流作家の本を好きで何冊も読んでいたし、そのことは両親も知っている。

そして、候補に絞った学校のパンフレットを調べていて、知っている名を講師の中に見つけるという偶然に恵まれ、「これしかない！」と運命を感じた。

その学校でなければならない理由としてはうってつけだった。

「なるほど、その作家さんの授業を受けたいわけか。そりゃ地元の学校じゃダメだな」

「でしょ」

うーむ、と澄人はしばし考え込んだ。

「わかった。説得できるかどうかはわからんけど、俺も手伝うよ」

「ありがと！　お兄ちゃんならそう言ってくれると思ってた！」

「結果は保証できないけどな」

澄人は自信なさそうに笑っていたが、清音は可能性はかなりある、と考えていた。自身の両親が、自分の面倒を長々と見てくれた澄人に対して恩義を感じていることを知っていたからである。

——いける……！　あたしが一人で説得するより、何百倍も勝ち目がある……！

そう思って、清音は心の中でガッツポーズをした。

＊

諒解《りょうかい》したその日のうちに、澄人は清音の両親と話し合いをしてくれた。

が、澄人に対しても、清音の両親の主張は何一つ変わらなかった。しかし、そんな両親の態度は予測済みだったらしく、澄人は慌《あわ》てた様子一つ見せなかった。

「そうですよね。わかります。嫁入り前の娘が親元を離れて一人暮らしだなんて、心配ですもんね」

「その通りだ。勉強なんてどこでだってできる。その作家の先生じゃなくても、同じことを学ぶことはできるはずだ」

清音の父は何度も繰り返してきた主張をまた口にした。

澄人も、

「それはそうです」

とうなずいている。

やはり頼りになるお兄ちゃんでも説得は無理なのか、とため息が出かけた瞬間。

「ところで、叔父さんは若い頃、バンド活動をやってたんですよね」

それは、清音の父がよく口にしていた昔語りでもあった。

高校生の頃、最高の仲間たちとバンドを結成し、今もまだある地元のライブハウスでは名が知られていたとか、大きな音楽イベントにインディーズバンドとして参加して、有名なレコード会社の人から声をかけられたこともあるとか、清音も澄人も散々聞かされてきた話だった。

嘘か真か、メジャーデビュー目前までいったのだとか。

しかし、メンバーの一人が不幸にも交通事故で夭逝《ようせい》してしまい、「あいつを欠いたら俺たちのバンドは俺たちのバンドとは言えねえ」と解散して、そのときを境に音楽活動を辞《や》めたのだという。

「それが、この話と何の関係がある?」

父は不機嫌そうに言った。

「いえ、喩《たと》え話ですけど、そのバンド活動、誰とやっても一緒でしたか? 音楽をやるだけなら、メンバーは違う人たちでもできたはずですよね？」

「む……」

父が顔をゆがめた。

「清音の勉強も、誰から教わるかって、とても重要なんじゃないですか。叔父さんのバンド活動同様に、清音にとって、かけがえのない思い出になるかどうかって話だと思うんですよ」

「むむ……」

「ちょっと、あなた！」

清音の母が、となりに座っている父の腕を叩いた。

「澄人くん。あなたはずっと清音の面倒を見てくれたし、そのことにはとても感謝しているけれど、我が家の問題に口を出さないでちょうだい」

「それはその通りなんですけど、俺としてもよく知ってる家族の絆《きずな》に亀裂《きれつ》が入るところなんて見たくなかったもので」

「そんな大げさな。こんなことでうちの家族は崩壊したりしません」

「崩壊はしないかもしれないけど、一生恨まれるかもしれないですよ？　本気でやりたいと思ったこと、学びたいと思ったことを断念するのって、一生に関わることじゃないですか。たぶん、叔母さんが思ってるより重要なことなんじゃないかな、って思います」

「そんなこと……」

「現に、叔父さんは今だってバンド時代のことを輝かしい思い出として懐《なつ》かしんでいるじゃないですか。清音にとって、親に反抗してでも学びたいと思ってることって、それと同じくらい大切な人生の糧《かて》になる可能性があるんじゃないですか。それを取り上げられることって、そんなに軽くないと思うんです」

「……」

清音の母も、ついに口ごもってしまった。

二人の様子を注意深そうな目で窺《うかが》いつつ、澄人は声のトーンを変えた。これまでの真剣な声から、もう少し気楽な調子で、

「せめて、清音にチャレンジくらいさせてあげるのはどうですか？」

と提案した。

「見たところ、この短大の偏差値は決して低くないです。うちの高校のレベルが俺が通ってた頃のままなら、この短大に合格したら結構なヒーローですよね？　頑張ってこのレベルの学校に入れるなら、悪くないと思うんですけど」

澄人の言う通り、清音の今の成績だと、かなり頑張らないと合格ラインを超えるのは厳しい、くらいのランクの短大であることは事実だった。

「ふむ……」

「それは……まあ……」

「例えばですけど、県外の学校で受験できるのはここ一校に絞る。滑り止めは実家から通える学校だけを選んで、第一志望がダメだったら大学であれ短大であれ実家から通うことにする、とかどうです？」

「一回勝負、というわけか」

腕を組んで、清音の父が言った。

「はい。努力が足りなくて合格できないなら、それは清音自身の責任です。チャンスさえ与えられなかったのとは明確に違います。清音も、それで叔父さんと叔母さんを恨んだりするのは筋違いです」

清音の両親はお互いに顔を見合わせた。

「それに、今は女性単身者用とか女子学生用のセキュリティがしっかりしたアパートとかもありますし」

「確かに、我々も少し意固地になっていたかもしれん」

「そうねえ……」

正直、清音は驚いていた。まったくとりつく島もなかった両親が、意見を変えようかというところまできている。

「清音、お前は澄人くんの言った条件でいいんだな？」

父親の言葉に、清音は「うん」とうなずくしかなかった。

　本音を言えば、一校だけに絞るのはリスクが高すぎる。

　しかし、澄人の協力を得るために使った説得材料のことを考えると、C県の他の学校も第二、第三志望にしたい、というのは理屈が通らない。

　他の学校に、お目当ての女流作家の講義はないのだ。どう考えても志望する動機がなくなってしまう。

「わかった。澄人くんの言うことにも一理ある。ただし、一人暮らしをするにしても門限は設《もう》けるし、門限を守っていることを確認する方法も何か考えるぞ」

「固定電話を入れて、毎晩その電話で連絡してくること、みたいな感じでどうです？」

　澄人の提案に、父は渋《しぶ》い顔をした。

「しかし、それだと、電話をしたあとに外に出ることだって可能だろう」

「あー、それは確かに。じゃあ、抜き打ちでちょいちょい家電《いえでん》に電話をかければいいんじゃないですか？」

「それくらいしかないわよねえ。いっそ、門限ありの学生寮でもあってくれるとありがたいんだけど」

「いやあ、叔母さん、寮があったとしても、結構希望者が多くて倍率が高かったりしますよ。やっぱ寮って安かったりしますからね」

　そんなやりとりに清音は呆《あき》れ気味にため息を吐《つ》いた。

「過保護すぎだっつの」

「何か言ったか!?」

じろりと睨《にら》む父親の鋭い声に首をすくめて、清音は、

「何も。勉強頑張る、って言っただけ」

と誤魔化して席を立った。

残された澄人は苦笑しながら、

「まあ、あいつは昔からしっかりしてるし、心配はないと思いますよ」

とかなんとか両親に言っていた。

こうして、澄人の説得によって、清音の進学の道は拓《ひら》けたのであった。

＊

その後、清音は死ぬ気で頑張った。

それはもう、めちゃくちゃ勉強した。

その様子に、当時のクラスメイトたちは少し……いや、かなり引くほどだった。

約束を交わした両親さえ、その変わりように心配して「少しは休みなさい」「早く寝なさい」

と口酸っぱく言うほどだった。

澄人が就職して住む土地で清音も一人暮らしが叶《かな》ったなら、休日には一緒に遊びに行ったりもできるだろう。平日でも、仕事が終わるタイミングで澄人の部屋に行って手料理を振る舞うとか、そんなこともできるはずだ。

そんな日々を夢見て、清音は二年生の段階で合格圏内まで自身の成績を引き上げ、三年生の半ばで合格確実のレベルにまで達していた。担任からは、志望校のランクをもう一段階上げてはどうか、という打診《だしん》までされた。

そうして清音は無事に志望校に合格できたのだが――、
残念ながら、夢見ていたバラ色の新生活は訪れなかった。

肝心の澄人が、第一志望の就職先に採用されなかったからである。

澄人は就職活動に大苦戦して、志望していた企業のどこからも内定をもらえず、聞いたこともないような企業になんとか滑り込んだ。

そしてその就職先は、C県とは遠く離れた、新幹線を使わなければ会いに行くことすらままならないような、遠い地に存在していたのである。

――完璧な作戦だと思ったのに……。

策士、策に溺《おぼ》れる。

そんな言葉を思い知ることになった清音なのだった。

その後、その短大を卒業して、清音は澄人が勤めている地域に絞って就職先を探し、ようやく彼の近くへと来ることができた。

――やっと追いついた……！

幼い頃から学生時代まで、泣かされ続けた五歳という年齢の差。

それが、ようやく無視できる段階に入ったのだ。この日をどれだけ待ち望んだことか。


早く大人になりたい。

ずっと、ずっと、清音はそう思って生きてきた。

そして、やっと追いついたと思ったら――、

――ぐぬぬ、おのれ瀬和谷来菜子《せわやきなこ》……！

まるで、大人の色香《いろか》を煮詰めたような女が現れた。

そんな女が、ようやくスタートラインに立てたと思った矢先に、豊満なおっぱいやムチムチな太ももで従兄を籠絡《ろうらく》しようとしている。

――それでも、まだ二人は結婚したわけじゃないし、おそらくまだ付き合っているわけでもない……！

それなのに何度も澄人の部屋を訪れるというのはどんな仲なのかいまいち判然としないが、それでも、ギリギリ間に合った、と考えるべきだ。

――そう、あたしはまだ負けたわけじゃない！
ここから巻き返せばいい。
ここから逆転すればいい。
だって、ずっとずっと好きだったのだから。
想いの深さでは、ポッと出の女とは比較になるはずがないのだから。

第七話　女神の抱擁

三人でタンメンを食べ終えてしばし。

清音《きよね》のスマホが鳴った。清音は「ちょっとごめん」と席を立ち、玄関まで行って電話に出た。

「はい、もしもし……えっ」

清音はそのあとも「はい、……はい」と電話の向こうの相手に対してうなずき、やがて通話を切った。

そして部屋に戻ってくるなり自分の荷物を持ち上げながら、

「ごめん、お兄ちゃん。会社からいきなり呼び出されちゃった。急な欠員が出たから今からでも出てこれないか、って」

と言った。

「そりゃ大変だな」

「まあでも、休日出勤の手当はつくから」

「ははは、きっとそれが当たり前なんだろうけど、なんか清音の会社がすげえホワイトに見えちゃうよ」

「いや、お兄ちゃんが言うと洒落《しゃれ》にならないから」

澄人《すみと》が会社を辞《や》める際に請求した未払いの残業代の額を聞いて、

「払ってもらってない残業代がそんなに……？」

と清音が呆《あき》れていたのは、ついこの間の話である。

「それはそうと」

清音は来菜子《きなこ》を見やって、

「あたしが帰っても、不純なことはしないように！」

と言って清音は慌《あわ》ただしく玄関に向かった。

澄人も清音を見送るために玄関へと向かう。

「するわけないだろ」

仏頂面《ぶっちょうづら》で玄関先まで来て、清音が開けたドアの向こうの景色に「ん？」と首を傾《かし》げる。

「なんか暗くないか？」

澄人がドアから顔を出すと、灰色の厚い雲が空を覆《おお》い隠していた。

「うわ、すげえ雲だな。いつの間に」

三人で買い出しをしていたときには晴れていたというのに、もはや太陽の姿はどこにも見えなくなっていた。

「こりゃいつ降りだしても不思議じゃないな。清音、傘、持っていくか？」

澄人は玄関にいくつかストックされていたビニール傘を指さした。

「ううん、大丈夫。駅までは保《も》つと思うし、いざとなったらコンビニで買うから」

「そうか」

「それより、降りださないうちに来菜子さんにも帰ってもらった方がいいんじゃない？　ひどい土砂降りになるかもしれないよ？」

言いながら、清音が靴を履《は》く。

「そうだな」

「じゃあね、お兄ちゃん。就職活動、頑張ってね！」

清音はまだ降りだしていない雨を恐れるように、駆け足で去っていった。その後ろ姿を見送って、澄人はドアを閉めた。

そして、来菜子がいる部屋へと戻る。

「あいつも立派に社会人してるんだなあ……」

ぽつりと言いつつ、澄人はフロアテーブルの前に座った。

「ふふ、幼い頃から知ってると、きっと感慨《かんがい》も大きいわよね」

来菜子が小さく笑った。

「まあ、そうですね。五歳も離れてるから、どうしてもずっと小さい頃のイメージが抜けないんですよ」

「ちょっと羨《うらや》ましいな」

「瀬和谷《せわや》さんは兄弟や姉妹はいないんですか？」

「一人っ子です。親戚もみんな遠方なので」

「なるほど。兄弟や親戚は、欲しいと思ってもどうにもならないですからね」

「そういうことじゃないんですけどね」

「え？」

　不思議そうな顔をする澄人に、来菜子は意味ありげに微笑んだ。

　どういうことだろう、と少し考え込む澄人だったが、ふと、帰り際《ぎわ》の清音に言われたことを思い出した。

「あ、それはそうと、外、なんかすごく雲行きがヤバそうなんですよ。もしかしたら、降りだす前に帰った方がいいかもしれないですよ」

「うーん」

　来菜子は少し考え込んだ。

「実は、ちょっと気になることがあるんですよね」

「気になること？」

「はい。便器の裏側なんですけど……」

「あ、掃除の話ですか」

「もちろん、掃除の話です」

苦笑する澄人に対して、来菜子は満面の笑みを返した。

「少しだけです。降りだす前にササッと掃除しちゃいますから」

言いながら、来菜子が立ち上がった。

掃除する気満々の顔である。

「……わかりました。でも、マジで雲行きがヤバそうなんで。掃除するのは気になるところ一箇所だけですよ？」

「はい、もちろん！」

しかし、その掃除が終わる前に、大きな雷の音とともに、すさまじい雨音が家の中にまで響いてきたのだった。

＊

玄関から二人して外の様子を窺《うかが》い、そして二人してため息を吐《つ》いた。

「すごい雨ですね」

他人事《ひとごと》のように、来菜子が言った。

「ですねえ」

半ば諦《あきら》めたように、澄人も答えた。

すぐ近くで話している二人の声も、降りしきる雨の音で掻き消されてしまいそうだった。

「ごめんなさい、やっぱりお掃除をしている場合じゃなかったですね」

「いえ、俺としては掃除してもらってありがたいですけども」

「私も、ついついその言葉に甘えちゃって」

「それより、帰れます？」

「雨は強いですけど、風はありませんから大丈夫ですよ」

「駅まで送りましょうか？　いや、車があるわけじゃないんで徒歩でですけど」

「織部谷《おべや》さんまで濡れることないですよ。一人で大丈夫ですって」

「傘、せめて安物じゃなく、ちゃんとしたヤツを持っていってください」

「いいんですか？」

「さすがにこの雨ですから、安物のビニール傘じゃ心許《こころもと》ないでしょう」

「そうですね。助かります」

来菜子は玄関の隅にたくさん立てかけてある透明なビニール傘ではなく、澄人が差し出したしっかりしたコウモリ傘を受け取った。

「ホントに、気をつけて帰ってくださいね」

「はい。ありがとうございます」

借りたばかりの傘を差して、来菜子は土砂降りの中へと歩いて消えていった。

——無事に帰れるといいけど……。

そう思いながら澄人は部屋に戻った。

ふと、清音はこの雨に降られていないのかと気になって、スマホのＳＮＳアプリで、

『すごい雨が降ってきたけど、無事に帰れたか？』

と尋《たず》ねてみた。

『帰ったっていうか、今職場。幸い降りだす前に着けたけど、問題は仕事が終わった後よね。帰れるか心配』

すぐにそんな返事が書き込まれた。

『仕事中だったか。すまん』

『いえいえー』

やりとりを切り上げて、アプリを閉じる。

——それにしても、よく降るな……。風も出てきたか。

窓の外を見やって、そんなことを思った矢先、呼び鈴が鳴った。

——まさか。

急いで玄関まで行って、ドアを開ける。

ドアの前には、ずぶ濡れの来菜子が立っていた。

「瀬和谷さん、大丈夫ですか？」

「いえ……。電車が止まってしまって。駅員さんが言うには、線路に何か異常が出ているらしいんですけど、この雨で確認とか復旧の作業が難航してて、運転再開はいつになるかわからないそうです……」

「それは……災難でしたね」

「バスやタクシーを使うことも考えたんですけど、私が駅に着いた時点でものすごい長蛇《ちょうだ》の列になっていて」

そこまで言って。来菜子は口元を押さえ、「くしゅん」と小さくくしゃみをした。

「とにかく、入ってください。このままじゃ風邪ひいちゃいますから。身体も冷えてるでしょうから、お風呂、使ってください」

澄人は来菜子を部屋に招き入れ、即、風呂場へと押し込んだ。

「今、バスタオルとか持ってきますから！　あ、着替えも要《い》りますよね。俺の服しかなくて申し訳ないですけど……」

「いえ、すみません、お借りします」

澄人が部屋に戻ってバスタオルや着替えを見繕《みつくろ》っているうちに、浴室からはシャワーの音が聞こえ始めた。

外からの雨の水音と、浴室からのシャワーの水音を同時に聞きながら、バスタオルとスウェットの上下を用意する。

「あの、着替えとバスタオル、持ってきましたよ」

シャワーの音が止まり、浴室のドアが少し開いて、身体を隠しつつ来菜子が顔を出して、

「ありがとうございます」

と言いながら、にゅっと白い腕をドアの隙間《すきま》から伸ばしてきた。

その手に着替えとバスタオルを渡す。

「あ、濡れた服、洗濯しちゃいます？　今渡してくれたら、洗濯機に入れちゃいますけど。びしょ濡れでしょうし、乾かすにしても一度洗った方がいいですよね？」

「いえ、それはそうですけど、下着もありますし、あとで自分でやりますから」

「すみません、そりゃそうですよね」

迂闊《うかつ》な判断と、ちょっと照れたような来菜子の言葉にダブルの意味で恥ずかしくなってしまって、澄人は浴室に背を向けた。

ワンルームなので、浴室兼トイレに背を向ければキッチンが目の前に来る。

背後で再度、シャワーの水音が響き始めた。

――ヤバい、ドキドキしてきた……。

冷静に考えれば、電車の運行の見通しが立たないということは、来菜子はここに泊まるしか

ない、ということである。

この部屋で来菜子が朝を迎えたことは何度かあるが、掃除などの目的なしに、ただ単に『泊まる』というのは初めてのことだった。

——でも。

初めて会ったあの日、同じように来菜子がシャワーを使ったときのような妄想は湧き上がってこなかった。

そんなことより、来菜子が風邪をひかないか、とか、ここに足止めされて翌日の仕事や予定に影響が出ないか、とか、そんなことが先に立って思い浮かぶ。

ドキドキ半分、心配半分、といったところか。

——何かあったかい料理でも作っておくか。

熱いシャワーを浴びて、濡れた服から着替えても、内側から身体を温める必要もあるだろう。

それに、もう時間的にも夕方になりつつある。

「こういうとき、食料のストックがあると重宝《ちょうほう》するな」

自炊を始めていなければ、この状況では、以前に清音が差し入れしてくれたカップ麵しかない、みたいな事態になっていただろう。これまでの澄人の生活では、食事はその都度コンビニかスーパーに買いに行く、というパターンだったため、この雨の中を買い出しに行く羽目にもなりかねなかった。

澄人は冷蔵庫と冷凍庫の中身を確認した。

――あ、クリームシチューのルーはなくなっちゃってたか……。あったまるならシチューがいいかと思ったけど……。

冷凍野菜はそれぞれストックを切らさないようにしているため、材料自体は問題なかった。肉も豚コマがある。

「シチューとはちょっと違うけど、カレーにするか」

幸い、「近い材料でカレーやビーフシチューも作れる」と買ってあったルーがあったので、カレーのルーを手に取った。

一人で食べる分には「牛肉じゃない肉で作るビーフシチュー」でも気にならないが、さすがに牛肉がない状態でビーフシチューを作って「どうぞ」と出すのは気が引けた。

冷凍庫からみじん切り玉ねぎとニンジン、ジャガイモを取り出してフライパンに投入し、豚コマと一緒に炒《いた》める。豚肉の色が変わったら水を加えて、煮立ったらカレーのルーを入れてさらに煮込む。

これだけの手順でちゃんとカレーができるのだから、楽なものである。

気がつけば、背後から聞こえてくるシャワーの音は止《や》んでいた。浴室のドアが開いて、来菜子が顔を出す。

「あ、いい匂いですね。カレーですか?」

「すみません、シチューの方があったまるかなと思ったんですけど、ルーが切れちゃってて。辛《から》さは中辛なんですけど、大丈夫ですか？」

「はい、辛いのはわりと平気なんで」

言いながら、来菜子は浴室から出てきた。

「洗濯機、お借りしますね」

「どうぞどうぞ」

澄人の部屋の間取りでは、洗濯機は浴室と部屋の間にある。つまり、キッチンで調理している澄人にとってはやはり背後ということになる。

「すみません、乾燥機もあればよかったんですけど――」

そう言って振り返って、澄人はフリーズした。

視界に入った来菜子は、確かに澄人が用意したスウェットを着ていた。

上着だけは。

上下セットだったはずのスウェットだが、来菜子はスウェットの下は身に着けておらず、だぼっとしたサイズ感の上着から白く美しい生足が生えていた。

いかに丈《たけ》に余裕があったとしても、上着は所詮《しょせん》上着である。下半身を隠すには、少しばかり心許ない。

具体的には、歩く度《たび》、ちょっと動く度に、太ももの上に続く部位が見えそうになってしまってハラハラした。

「あ、あの、ズボンも渡しましたよね……？」

「はい。でも、ちょっと大きすぎて不格好になっちゃったので。上着の丈がだいぶ長いですから、これでいいかなって」

――俺のスウェット、そんなに大きかったっけ……？

確かに、部屋着などはゆったりと着たいのでちょっと大きめのサイズを買う澄人だったが、そこまで体格差があるとは、と驚いていた。

というより、もしかして思っていた以上に自分のウエストは太かったのだろうか、と内心ショックを受ける澄人なのだった。

それはそれとして。

――ああ、シュレディンガー先生、箱を開けるまでもなく中の結果は確定してしまいました。

言うなれば、箱から猫の尻尾がはみ出しており、その尻尾が元気に左右に揺れているような状態だった。

下着までびしょ濡れになって、それを今から洗おうとしているこの状況で、穿《は》いているはずがないのである。

これは興奮必至……だと澄人自身思っていたのだが、そんなことより真っ先に考えたのは、

「寒くないですか？」

だった。

「あ、はい、大丈夫ですよ、部屋の中は暖かいですし、熱いシャワーも浴びましたし」

「ならいいんですけど」

魅力的な生足ではあったが、あまり見てはいけないような気がして、澄人は視線をフライパンに戻した。

カレーはすでにぐつぐつと煮えている。

澄人は二人分のレトルトのご飯を電子レンジで温めた。そして温めている間に、耐熱皿を出してきて次にレンジアップする冷凍ブロッコリーをスタンバイする。

ご飯を温め終わったら中身をブロッコリーに入れ替えて解凍ボタンを押し、レトルトの容器からご飯を皿に移して、その上からできあがったばかりのカレーをかけた。

そして温め終わったブロッコリーをカレーの上に何個か散らして、澄人流自炊カレーの完成である。

振り返れば、ちょうど来菜子の洗濯もすすぎに入ったところのようだった。

「とりあえず、飯にしませんか」

左右それぞれの手にカレーの皿を持って、澄人は言った。

そして、先に部屋へと戻り、カレーの皿をフロアテーブルに置く。

「何から何まですみません」

申し訳なさそうな顔で、来菜子も洗濯機から離れてフロアテーブルの前へとやってきた。

「……」

スウェット越しの、下着に支えられていない自然な曲線が気になる。

つい目を逸《そ》らしてしまう。知り合いの女性が自分の服を着ている、というのが妙に艶《なま》めかしくて、なかなか来菜子の顔を見ることができなかった。

「ささっとカレーを作ってしまうなんて、すっかり自炊が板に付いてきましたよね」

来菜子がフロアテーブルの前に座って、微笑んだ。

「いや、何も切ってないし、材料をフライパンに入れて火にかけただけですよ。なんの工夫もしてないですし」

「それでいいんですよ。それでも美味《おい》しくできるように各メーカーが頑張って冷凍食品もルーも仕上げてくれてますからね」

「いやもう、ホントそれですよ。自炊するようになってまだ日は浅いですけど、冷凍食品やルーや調味料のすごさを実感してます」

「そういうのは、目一杯利用させてもらえばいいと思います」

「はい。でも、なんていうか、健康とかに気を遣《つか》う人の料理って、レトルトとか化学調味料とか、そういうの嫌うイメージがありましたけど、瀬和谷さんは違うんですね」

「だって、別に毒が入っているわけじゃないですし」

あっけらかんと、来菜子は言った。

「化学調味料だって、元を正せば、自然にある何かから抽出《ちゅうしゅつ》したものですよ。サトウキビとか昆布《こんぶ》とかカツオとか椎茸《しいたけ》から抽出した旨味《うまみ》が身体に有害だと思います？」

「思わないっすね……」

「もちろん、どんな調味料だって摂《と》りすぎたら有害ですよ。水だって一日四リットル以上飲んだら水中毒になりますし、下手《へた》したら命に関わります。戦時中、醤油を飲んで体調をわざと崩して徴兵《ちょうへい》逃れをした、なんて話は有名ですし。砂糖や塩も、摂りすぎれば糖尿病や高血圧の原因になるじゃないですか」

「確かに」

「今は各メーカーが安全性にはかなり気を配ってますから、適量を心がけている限りは健康に大きな悪影響はないと思いますよ」

「問題なのは量なんですね」

「そういうことです」

なるほどなあ、とうなずきつつ、澄人はスプーンを手に取った。来菜子もそれに倣《なら》う。

二人して「いただきます」と手を合わせて、カレーを食べ始めた。

「うん、やっぱり普通の味ですね」

自分が食べるだけならそれで充分だが、他人に振る舞うような料理ではない。謙遜《けんそん》抜きで、澄人はそう感じていた。

「いえ、普通のお料理を普通に作る、ってとても大切なことですよ。それが基本の基本ですから。まずそれができる、というのが自炊のスタートラインです」

「そう言っていただけると助かりますけど」

「慣れてきたら、カレーはアレンジもしやすいですから、隠し味なんかを試してみるのも面白いですよ」


【豆知識・料理編】

カレーの味付けは家庭の数だけあるとも言われます。その理由が、様々な食品や調味料を隠し味として受け入れるカレーの懐《ふところ》の深さにあります。

醬油や味噌、ケチャップなどは隠し味としてはよく聞く部類ですが、他にも生姜《しょうが》やニンニクなどもよく合います。

甘みを強めたいなら蜂蜜やジャム、チョコレート、フルーツジュース。

コクを出したいなら塩辛《しおから》やオイスターソース、めんつゆ。

マイルドにしたいなら牛乳やヨーグルト、チーズ、ピーナツバター。

深みを出したいならココアやコーヒー。コーヒーはインスタントでも可。

辛みを足したいならタバスコや豆板醬《トウバンジャン》。

他にも、複合系としてコーヒー牛乳や野菜ジュース、中濃やウスターなどのソース、焼き肉のたれなどは多くの素材や味を含んでいるので、手軽に複雑な味の変化を出せます。今例に挙げたもの以外にもカレーに合う食材や調味料はたくさんあるので、いろいろ試してみるのも面白いかもしれません。

隠し味のコツは、単体で入れすぎないこと。当たり前ですが、一つの味を入れすぎてしまっては隠し味になりません。一つの隠し味をたくさん入れるよりは、複数の隠し味をちょっとずつ入れる方が結果としては美味しくなることが多いです。

来菜子は「例えば」と、カレーに隠し味として入れることがある食材や調味料をいくつか羅《ら》列《れつ》して澄人に教えてくれた。

「結構意外なものも多いですね。リンゴと蜂蜜はどこかで聞いたことありますけど、ピーナツバターとかコーヒー牛乳とか、入れるにはちょっと勇気が要るような」

「あくまで入れるのはちょっとだけですから」

そんな話をしながら、特徴のないカレーを食べ終える。

食べ終えた食器を下げようとする来菜子に、

「あ、俺がやるんで、座っててください」

と言って、澄人は二人分の食器を手に席を立った。

いつもいろいろやってもらっているから、というのもあるが、下に何も穿いていない格好で歩き回られても落ち着かない。

キッチンで二枚の皿と二本のスプーンをサッと洗い、冷蔵庫の中からお茶のペットボトルと二人分のコップを手にフロアテーブルへ戻る。そのついでに、すすぎが終わっていた洗濯機の脱水のボタンを押すことも忘れない。

「すみません、帰れないところを避難させてもらっているのに、まるでお客様みたいで」

「俺がいつもお世話になりすぎてるんですよ」

笑って答えた澄人だったが、来菜子は首を横に振った。

「そんなことはないです。というか、織部谷さん、すごいですよ。今は織部谷さんにとって一番しんどい時期じゃないですか。なのに、全然落ち込んだ素振りも見せないし、こうして私に気を遣う余裕もあって」

「いやあ……」

澄人は困ったように頭を掻いた。

「そんなことないですよ。瀬和谷さんが思ってるほど余裕ないです」

「そうは見えませんけど」

「そこは意地ですね。特に清音の前では、凹《へこ》んでる姿を見せるワケにもいかないな、って」

「お兄ちゃんなんですね」

「まあ、ずっとそういう役回りで接してましたんで」

ふう、と澄人は小さく息を吐いた。

「あとは、まあ、気が張ってたってのもありますね。ついこの間まで、会社と未払いの残業代のこととかでやり合ってましたから」

「もう決着はついたんでしたっけ？　大変でしたよね」

「まあ、なんとか。でも、それが終わったんで、結構ガクッときてますよ。やるべきことが就職活動だけになると、イヤでも自分が無職なんだって思い知ることになりますからね」

一日が終わるごとに、不安も焦《あせ》りも積み重なっていく。

もし、来週も就職が決まらなかったら？　来月も決まらなかったら？　来年も……。

――あー、言っててどんどん不安になってきた……。

ははは、と笑う声から覇気《はき》が消えていき、顔も徐々に下に向いていく。

「すみません、辞《や》めた方がいい、なんて無責任に言ってしまって」

「あー、いえ、会社側が言いだしたことですし」

そうは言ったものの、表情は感情を隠しきれていないな、と澄人は自覚していた。

「俺、会社のためにずいぶん頑張ってたつもりだったんですけどね……」

うつむいて、澄人は口をつぐんだ。

なぜだろう、ボロボロと何かが剝《は》がれ落ちていく気がした。これ以上喋《しゃべ》ると、どんどん弱音や愚痴《ぐち》が出てきてしまいそうだった。

次の瞬間、澄人の頭がぐいっと引き寄せられた。

——えっ？

そして、柔らかく温かい何かに包まれる。

自分の頭を包んでいるのが来菜子の胸であることを理解するまで、数秒を要した。

「え、ちょ……」

来菜子の手が、そっと澄人の頭を撫でる。

その手の優しい動きは、「いいから、何も言わないで」と言っているようだった。

スウェット越しの温《ぬく》もりと弾力の奥から、リズミカルな鼓動が響《うず》いてくる。

何度も妄想で触れることを夢見た豊満な胸だったが、実際に頭を埋めることになってみても、心の中に湧き上がってくるのは欲望よりも圧倒的な癒《い》やしだった。

五感に感じるすべてが心地よく、目を閉じたらすぐに眠りに落ちてしまいそうだ。

「大丈夫ですよ。きっと大丈夫」

小さな声で、来菜子が言った。

「妹のような従妹《いとこ》を心配させないように虚勢を張る優しさも、自分が苦しい状態でも他人に優しくできる気遣いも、合コンのときに場を切り盛りしていたコミュニケーション力も、きっと評価してくれる企業はあるはずですから」

内心ではそんなふうに思いながらも、頭を包む心地よさと、来菜子が囁《ささや》いてくれる優しい言葉に不安が解けていくような気がした。

——ああ、このまま眠りたい……。

——だといいけど。

そんなまどろみにも近い安らぎの時間を電子音が遮《さえぎ》った。

澄人も来菜子もハッとして、お互いの身を引き離して顔を赤くした。

「あ、ええと、洗濯機のアラームですね。脱水、終わったみたいです」

「え、はい、じゃあ、どこかに干させてもらいたいんですが……」

先ほどまでの安らぎの残り香《が》でボーッとする頭で少し考えて「ああ、下着もあるからこの部屋で干して、ってのは無理か」と思い至る。

「じゃあ、浴室っすかね。換気扇《かんきせん》を回しておけば、そんなに湿気も籠《こ》もらないと思うんで」

浴室とトイレが一体型になっているタイプには、浴槽とトイレを仕切る防水カーテンがある。

そのカーテンレールにハンガーを掛ければ衣類を干すことはできるはずだった。

「はい、じゃあ、ちょっと干してきますね」

「あ、今ハンガーとか出しますんで」

「ありがとうございます」

受け取ったハンガー数本と脱水した衣類を持って、来菜子は浴室へと入っていく。

その後ろ姿を見送って、澄人はふう、と一息吐《つ》いた。

そして、ついさっきまで来菜子の胸に頭を埋めていたことを思い出して、急速に顔が熱くなっていくのを感じた。

――ヤバ……。

意識を浴室にいる来菜子から逸らすように、窓の方を見やる。

――あれ？

先ほどまでしきりに窓を打って流れ落ちていた水滴は、すでにおとなしくなっている。シャワーの音にも匹敵するような激しすぎた雨音も、気がつけば聞こえなくなっていた。

窓に近づいて、開けてみる。

窓から顔を出して空の様子を窺うと、すっかり雨は止《や》んでいた。まだ星や月が見えるほどではないが、雲に切れ間も現れ始めている。

スマホを取り出して、交通情報を確認する。

最寄《もよ》り駅を走る路線は、かなりダイヤに乱れはあるものの、すでに運行を再開していた。

澄人は窓を閉め、時計を見やった。現在、夜八時。

「瀬和谷さん！」

澄人は浴室に駆け寄って、ドア越しに、

「雨、止みましたよ！　電車も動きだしてるみたいです！」

「えっ」

驚いた顔の来菜子がドアを開けて顔を出した。

「本当ですか？」

「はい。見てください」

澄人はスマホの画面を見せた。

「本当ですね……」

ちょっと不満そうに、来菜子は唇を尖《とが》らせた。

「復旧の見込みが立っていない、ってなんだったのかしら」

「さすがに雨がいつ止むかまでは正確に予測できないでしょうから」

雨がひどくて作業が難航していたが、雨さえ止んでしまえば順調に作業が進んだ、ということなのだろう。たぶん。

「あ、はい。頑張って復旧させてくれた職員さんたちには頭が下がりますけど」

「まあ、まだ八時ですから、ある程度服が乾くまでゆっくりしていっても終電には間に合うと思いますよ」

「ですね……」

このやりとりの何時間かあとに来菜子は帰宅の途についたのだが、澄人はそのことにホッとしていた。

さすがにあんな雰囲気で来菜子が泊まっていくとなったら、理性的でいられる自信はまったくなかった。

そういうことになりそうな雰囲気はあったし、もしかしたら受け入れてもらえたかもしれない、という淡い期待を抱かなかったわけでもなかった。

しかしそれ以上に、『今、踏み出していいのか？』という葛藤《かっとう》のようなものの方が強く心を占めていた。

——そんな雑にやっていいもんじゃないよな……、俺、今無職だし、嫌われるのもいやだし。

それは彼女いない歴＝年齢の童貞が拗《こじ》らせてしまった考え方でもあったが、澄人なりの誠実さの顕《あらわ》れでもあった。

——でも、電車が動きだしたって聞いて不満そうな顔をしたのは、もしかして……。

来菜子が帰ったあと、一人きりの自室で、澄人は悶々《もんもん》と考え込むのだった。

第八話　女神の憂鬱

『織部谷《おべや》様の穏やかな人柄が窺《うかが》える素晴らしい自己アピールだと思うのですが、ちょっと謙虚《けんきょ》すぎますね』

電話口で、若い男性の転職エージェントは言った。オブラートに包んではいるが、要するにダメ出しである。

「はあ」

『謙虚さは美徳ですが、就職活動のエントリーシートに限っては、傲慢《ごうまん》なくらい貪欲《どんよく》に長所をアピールするべきです。特に謙遜《けんそん》のような表現は避けた方がいいでしょう』

無料ならばと登録した転職サイトだったが、所定のエントリーシートを提出した直後に担当を名乗るエージェントからメールでのあいさつがあり、そのメールで電話で面談をしたいのですがご予定は、と問われ、あれよあれよという間に電話打ち合わせの日程まで決まってしまったのだった。

――たぶん転職が決まった人数でいくらの歩合とかがあるんだろうけど、ずいぶん熱心に取り組んでくれるもんなんだなあ。

と、正直、澄人《すみと》は驚いていた。なにしろ無料なのだ。一銭も払わずにこれだけ親身になってもらえるとは思っていなかった。

「わかりました。今日中に修正して送信します」

『よろしくお願いいたします。私も可能な限りサポートいたしますので、採用を勝ち取るまで頑張ってまいりましょう！』

そんな感じで通話が終わった。

「思ったよりちゃんとやってくれるのかもなー」

それはそれとして、他にも登録しようとしている別の転職サイトのエージェントとの打ち合わせも控えていて、このあと予定が詰まっているのだった。

＊

ネットの転職サイトに登録さえしておけばいい、というほど無職も楽ではない。エントリーシートの直しはあとに回して、澄人は髭《ひげ》を剃《そ》って家を出た。

失業保険の給付中は定期的にハローワークに顔を出す必要があるわけだが、そんな決まりがあろうとなかろうと、仕事を探す目的で澄人は週に何度かは足を運んでいた。

もちろん、今はハローワークの求人もネットで確認できるので、自宅からでも利用はできる。ただ、家に籠《こ》もりっぱなしでは気が滅入《めい》るし、幸い澄人が住むアパートからハローワークがさほど遠くないこともあって、気分転換も兼ねて外に出る理由として使っているのだった。

――にしても、ここ最近、ハロワの求人は代わり映《ば》えしないんだよなあ。

ハローワークの求人情報は、平日毎日更新されている。ただ、新しい求人そのものがなければ、同じような求人が残り続けることになる。

とはいえ、いつ魅力的な求人が出てくるかわからないので、こまめにチェックするに越したことはない。

――まあ、それでも、気長に探すしかないよなあ……。

これぱかりは根気の勝負だ、と澄人は思い始めていた。

と、信号待ちをしていて、ふと気がつく。

道路の向こうで大荷物のお婆《ばあ》さんを気遣《きづか》って話しかけているのは来菜子《きなこ》ではないか、と。

なんとなく気になって、歩行者用信号が青に変わるのを待って、澄人は来菜子へと駆け寄っていった。

「瀬和谷《せわや》さん！」

来菜子とお婆さんが澄人の方へと顔を向ける。

「どうしたんですか？」

「あ、織部谷さん。実は、こちらのお婆さんが質屋さんに行きたいらしくて」

「質屋ですか。この辺だと、ちょっと遠いですね」

「ですよね。さすがにこのお荷物だと、ちょっとしんどいかなって」

「確かに」

なんとなく状況に合点《がてん》がいって、澄人はお婆さんに、

「もしかして、その荷物の中身を換金するんですか？」

と尋《たず》ねた。

「ええ、そうなの。孫が事故を起こしてしまって……」

——ん？

澄人は訝《いぶか》しげに眉根を寄せた。

「そうらしいんです、大変なんですよ」

来菜子はまったく疑っていないようだ。というより、お婆さん同様、「大変だ！」と焦《あせ》ってしまっているようにも見える。

「ちょっと待ってください。そういう電話が来たんですか？」

「そうなの、泣いてる孫から電話があって、そのあとに警察からも電話があってね。示談にお金が必要だって警察の人も言っていて」

——お金が必要だ、という話を警察が？

訝しんでいた顔が、眉間《みけん》に皺《しわ》が寄って険《けわ》しくなる。

「もしかして、何日か前にお孫さんから携帯電話を替えたから番号が変わった、みたいな電話があったんじゃないですか？」

「あらまあ、どうしてそれを？」

「あったんですね」

疑念があっさりと確信に変わった。

「織部谷さん、どうしたんですか？」

「いや、それ、詐欺《さぎ》だと思うんですよ」

「「えっ」」

来菜子とお婆さんが異口同音《いくどうおん》に驚きの声を上げる。

「でも、警察からも電話が来たって……」

「身分を確認したわけでもないでしょう。電話越しに警察を名乗るだけなら俺にだってできますよ。劇場型詐欺と言って、弁護士役や警官役が登場する場合も最近は多いらしいです」

「そんな手の込んだことまでするのかい、最近の悪い奴らは」

「騙《だま》すために必死ですよね」


【豆知識・詐欺対策編】

日々進化する詐欺の手口、本当に厄介です。

澄人が訝しんだように、「警察が示談のお金の話をするのはおかしい」など、冷静に考えればわかるようなことでも、いざパニクってしまうと気が回らなくなるものです。

今後も様々な手口の詐欺が出てくるでしょうが、それを防ぐ一番有効な手段は「一人で判断しないこと」です。

どんなに急ぐ話だとしても、お金の話で今すぐに、なんてケースはまずありません。とりあえずはご家族や信頼できる友人などに相談してみましょう。

逆に、それを防ごうと、詐欺師はあの手この手で急《せ》かそうとしてきます。

大きな判断をするときは、まずは落ち着くこと。

そして、普段から家族間でしっかりとコミュニケーションを取って、緊急時の合い言葉など、いろいろと決めておくと、いざというときに役に立ちます。


「とにかく事故が本当だったとしても大変なことですし、落ち着いてご家族の誰かと相談するべきだと思いますよ。それに、大きなお金のやり取りが発生するとしても、今日明日でなんとかしろなんてあり得ないですよ」

「言われてみたらその通りねえ……」

「携帯電話はお持ちですか？　確認してみましょう。変わる前のお孫さんの番号にかけてみてください。もし登録を上書きしてしまってわからないなら、他のご家族か親戚に連絡して、お孫さんに連絡してみてもらってください」

言われるままに、お婆さんは携帯電話を取り出し、息子夫婦の家に電話して孫について確認を取った。

「え、今ちょうど帰省してて、ピンピンしてる？」

どうやら確認が取れたらしい。

お婆さんはぷんすかと憤慨《ふんがい》しながら通話を切り、

「危うく騙されるところだった」

と吐き捨てた。

「えっと、あの、お婆さん、おうちは遠いんですか？　荷物、重いですよね」

「よかったら俺も運ぶの手伝いますよ」

「いやいや、いいよそんなこと。助けてもらった上にそこまでしてもらっちゃ、さすがに申し訳ないよ」

「いえいえ、乗りかかった船ですから」

「荷物、持ちますよ」

澄人も来菜子の言葉に乗っかって、手伝う旨《むね》の申し出をした。

「……じゃあ、お言葉に甘えようかねえ」

そんなわけで、澄人はハローワークへと向かう予定を急遽《きゆうきよ》変更し、大荷物を持って、来菜子と二人、お婆さんを家まで送ったのだった。

＊

お婆さんと家の前で別れ、その帰り道。

「ありがとうございました。私もすっかり焦ってしまって、織部谷さんが来てくれなかったら大変なことになるところでした」

「いえ、たいしたことでは」

並んで歩きながらのお礼に、澄人はちょっと照れて頭を掻いた。

「瀬和谷さんも気をつけてくださいね。最近はメールとかＳＮＳでも詐欺はいっぱいありますから」

「ですねえ。最近、使ってない金融機関の名前で届くメールが多くて」

「身に覚えがなければ詐欺だってすぐわかりますけど、たまたま自分が使ってる金融機関やサービスの名前で来ることもあるので注意が必要ですね」

「今のところ、自分が使っているところのメールとは微妙に違うので違和感があるから気づきますけど」

「そのうち詐欺の擬態《ぎたい》工作も精度が上がっていくでしょうから、ぶっちゃけ企業からのメールは、もう全部詐欺を疑ってもいいくらいだと思いますよ」

「……なんだか、イヤな世の中ですね」

さみしそうに、来菜子はため息を吐《つ》いた。

「ですね。とにかく、メールのリンクは踏まないようにするべきですよ」


【豆知識・詐欺対策編】

金融機関や宅配業者などを名乗るメール詐欺も最近は急増しています。

とにかく、何か心当たりがある緊急連絡が企業から届いたら、そのメールのリンクではなく、自分でホームページを開いてログインすることを心がけるべきでしょう。何か問題が起きているのなら、そっちでも何らかの警告とか告知が来ているはずです。

なりすまし詐欺でもそうですが、「相手から提示されたリンクや連絡方法ではなく、従来の方法で連絡して事実確認をする」という手段で今のところは対処できます。


「やっぱり、そのくらい警戒するべきなんでしょうか……?」

「あんまり疑ってばかりというのも疲れますけど、もう自衛するしかないですからね。最近では不安を煽《あお》るだけじゃなくて、何かに当選したとか、そんなパターンで騙そうとする詐欺メールもあるみたいですよ」

「そんな手口まで……」

「善良な人ほどターゲットになりやすいですから、気をつけてくださいね」

「あはは、はい。高校時代からの友人にもよく言われます」

どうやら、澄人と同じような心配をする人は、昔から来菜子の周囲にいたらしい。

——まあ、初対面の男の家に掃除のためなら深夜でも来ちゃうくらいだからなあ、そういうところはちょっと心配になるよな。俺は助かってるけど……。

うつむき、表情を曇らせて、来菜子は「はあ」と大きなため息を吐いた。

「ダメですねぇ、私」

「いや、全然ダメじゃないですよ。悪いのは詐欺をやる連中なんです。瀬和谷さんはあのお婆さんを助けようとしたわけですし」

来菜子が思った以上に凹《へこ》んでいる雰囲気を察して、澄人は慌《あわ》ててフォローの言葉を口にした。

「いいえ」

来菜子は首を横に振った。

「私、織部谷さんが思っているほど善《い》い人じゃないですよ」

「いやいやいや。見ず知らずの俺の家を掃除してくれたり、栄養状態の心配をしてくれたり、困ってるお婆さんを助けようとする人が善い人じゃなかったら、この世界には悪人しかいないことになっちゃいますよ」

心配になる部分と重なりはするものの、その言葉は澄人の本心だった。

善良であるということは、他者を信じるという要素も多分に含んでいる。

「それだって、純粋な善意じゃないかもしれませんよ？　私が満足したかっただけの偽善かもしれないじゃないですか」

「だったとしても、俺は助かりました。あのお婆さんだって、瀬和谷さんが関わってたから俺も声をかけたんだし、結果として助かったじゃないですか」

それでも、と、なおも来菜子は首を横に振った。

「私、きっと善い人をやることで気持ちよくなりたかっただけなんですよ。最近、仕事でトラブったりしてるんで、その反動っていうか」

正直、それは澄人にとって意外な言葉だった。

澄人は来菜子を完璧な人間だと思っていた。技術も知識も豊富で感心することばかりだったし、きっとそれを活《い》かして仕事も完璧にこなしているのだろう、と。

――でも、瀬和谷さんだって人間だもんな……。瀬和谷さんがちゃんとやってても、変な客とか問題ある同僚とかがいれば揉《も》めることもあるだろうし……。

来菜子であっても、トラブルを抱《かか》えることはあるかもしれない。そんな当たり前のことに、澄人は初めて気がついた。

「何があったんです？　俺でよければ、愚痴《ぐち》くらい聞きますよ」

なるべく優しく、しかし何気ないふうに、そう提案してみる。

しかし、来菜子は話すことを躊躇《ためら》っているようだった。

「無理にとは言いませんけど、話して楽になることもあると思いますよ」

「そうですね……。実は……」

ぽつりぽつりと、来菜子は話し始めた。

「店長とあんまり上手《うま》くいってないんです」

「あー、職場の人間関係の問題ですか」

「はい……」

＊

その人は、来菜子にとっては憧《あこが》れの存在だったのだという。

三十代だが若々しく、来菜子も初めて会ったときには十歳以上若く見えた。キビキビと任された店舗を切り盛りし、優しく仕事の手ほどきをしてくれた彼女は、新人だった来菜子にとってすぐに尊敬できる目標となった。

店長とスタッフとしても、師匠と弟子としても、二人の関係はずっと良好だった。

もともと物覚えもよく、入店前からそれなりの知識や技術を持っていた来菜子は早いうちから気の利《き》いたサポートをして喜ばれた。

その頃は店長も来菜子を可愛がっていたので、技術の指導もより親身で丁寧《ていねい》で、来菜子も店長の技術や知識をどんどん吸収していった。

そして一年が経《た》つ頃には、来菜子にも指名してくれる常連客がつき始めた。

根が真面目《まじめ》な性格の来菜子はそれに慢心せずに研鑽《けんさん》を欠かさず、二年が経つと、そのサロンの中で五指に入る人気エステティシャンにまでなっていた。

それでも、まだまだ店長との技術差は歴然としていた。少なくとも、来菜子はそう思っていたし、来菜子を贔屓《ひいき》にしてくれる常連客も「だいぶ店長さんに近づいたんじゃない？」とか、「あと何年かで店長さんに追いつけるかもね」と、あくまで来菜子は急成長中だがまだまだ、という評価を口にしていた。

それからさらに一年経ち、二年経ち、三年経ち、現在。

来菜子は押しも押されもせぬナンバーツーにまで上り詰めていた。

そしてそのあたりから、良好だった店長との関係が崩れ始めた。

来菜子に対して、笑顔が消えた。

口調も冷たくなった。

「店長、ニキビでお悩みの先ほどのお客様なのですが、フェイシャルトリートメントがもしかしたら合っていないのかなって思うんですが」

そう問いかけたときも、反応は冷たかった。

そのあとには「いくつか試してみたい商品があるんですが、取り寄せるわけにはいかないでしょうか」と続けるはずだった。

しかし、来菜子は店長の冷たい目を見て、後半の言葉を発することができなかった。

「貴女《あなた》ももう新人じゃないいんだから、自分で考えてちょうだい」

そう吐き捨てられて、来菜子は言葉もなくうつむいてしまった。

店舗の中では、店長は当然、最大の権力者である。その店長がそうした態度を来菜子に取り続ければ、他のスタッフの目にも留《と》まる。そうなると、店長に迎合する者が出始めるのも止められない流れだった。

誰からもあいさつをしてもらえなくなった。こちらからあいさつしても、誰も返事をしてくれなかった。

喋《しゃべ》ってもらえなくなった。休憩時間に入っても、来菜子の周囲には誰も寄ってこなくなった。

少し前まで「先輩」と慕《した》ってくれていた新人の子も、来菜子から離れていった。

もう少ししたら、嫌がらせも始まるかもしれない。

もう、ため息すら出なくなり始めていた。

＊

「なるほど……」

来菜子の話を聞いて、澄人はうーむ、と腕組みをして考え込んだ。

店長はともかく、他のスタッフの態度については、澄人もなんとなく「そうなるだろうな」という気がした。

優秀なナンバーツーともなれば、よく思わないスタッフがいてもおかしくはない。

特に、来菜子より先輩であっさりと追い抜かれてしまった者がいるのなら、これ幸いと店長の態度に乗っかるだろう。いや、逆にそういうスタッフが店長にろくでもないことを吹き込んでいる、というケースも大いにあり得る。

とはいえ、あくまで聞いただけの話なわけで、安楽椅子探偵ではない澄人としては、あまり無責任に犯人捜しをすることもできない。

あくまで問題は店長である。

「そういう人と拗《こじ》れるのは辛《つら》いですね」

「はい……。なんとか関係を改善しようといろいろやっているんですけど、辛く当たられるばっかりで」

そう言った来菜子の声は、今にも泣きだしそうだった。

「うーん、でも、普通は理由もなく誰かを嫌ったりはしないですよね。何か理由とか原因があると思うんですけど」

まれに「生理的に嫌い」みたいなどうしようもない理由もあり得るが、新人の頃は可愛がってくれたというのだから、態度が急変した理由があるはずだった。

「原因、わからないですか？　何かきっかけがあって嫌われた、みたいな」

「それがさっぱりわからなくて。ただ、友人に言わせると私って昔から天然なところがあるらしくて」

——自覚なかった！

ある意味、澄人にとってはそれも衝撃的であった。

「もしかしたら、気づかないところで何かやらかしているのかも……」

可能性があるとしたら何だろうか。

澄人は思案を巡らせた。

例えば、成績が落ちて売り上げへの貢献度《こうけんど》が下がっているとか？

しかし、だとしたらナンバーツーから陥落した、という話も出てくるはずだ。ナンバーツーである、という事実を踏まえるならば、充分な成績は出し続けているのだろう。

——では、店長の大切なお客様に粗相《そそう》をしてしまったとか？

それで怒らせてしまうのはありそうな話ではあるが、だとしたら来菜子にも自覚がありそうなものだし、普通はそうした失敗は再発防止のために店舗内で共有するのが普通だ、と澄人は考えた。

——となると？

次の可能性を探ろうと考え始めたそのとき、ふと公園が目に入った。

「とりあえず、ちょっと座って話しませんか？」

澄人は公園の中に見えるベンチを指さして訊《き》いた。

「あ、はい」

公園に入って、澄人は来菜子をベンチに座らせて、やはり公園内にあった自動販売機でお茶を二本買った。

そして、来菜子のとなりに座り、「どうぞ」とそのうちの一本を差し出した。

「ありがとうございます……。あ、お金、出しますよ」

お茶を受け取って、来菜子が言う。

「いやあ、失業中の身ですけど、こんなときくらいは」

「じゃあ、お言葉に甘えますね」

力なく笑い、来菜子はお茶に口をつけた。

そして二人して黙ってお茶を飲むだけの、ちょっと気まずい沈黙が訪れた。

——さて、今考えるべきことは……、

なぜ店長はいきなり来菜子を嫌いだしたのか。

原因を取り除けば、関係の修復は可能なのか。

来菜子の店舗での立場をどう改善するべきなのか。

そのあたりだろうか。

業界は違えど、澄人も社会人として職場内でのいざこざや人間関係はいろいろ経験してきたし、見てきたつもりだ。

それらを照らし合わせるに――。

「あのですね、俺はその店長のことも瀬和谷さんの仕事のこともよくわからないんで推測でしか言えないいんですけど……」

そう前置きして、澄人は話し始めた。

「うちの職場でも似たようなことがあったんですよ。俺の同期にメチャメチャ仕事ができるヤツがいたんです。最初は先輩たちも上司もメッチャちやほやしてたんですけど、数カ月くらいして、上司を中心にそいつを嫌う感じになっていったんですよね」

何も言わず、先を促《うなが》すように来菜子は澄人を見やる。

「俺、そいつからいろいろ相談されたりしたんすよ。なんとか解決しようとしたんですけど、結局そいつはアホらしくなったって言って辞《や》めちゃったんですけどね」

今でも、澄人は「あのとき、もっと効果的な解決法を見つけることができていたなら結果が変わったのではないか」と考えてしまうことがある。

その同期は会社を辞めたあと、もっといいところに再就職できたようなので結果ハッピーエンドなのだが、それはそれとして、もっと力になれたよなあ、というモヤモヤは残っているのだった。

「たぶんなんですけど、その同僚がターゲットになったのって、仕事ができるからだったんですよ」

来菜子は驚いた顔をした。

「そうなんですか？　でも、職場に仕事ができる人がいるのって、頼もしくないですか？」

「そうっすね。俺もそう思います。けど、『自分の立場が脅《おびや》かされる』って思う人も結構いるらしいんです」

「仮にそうだとしても、自分の価値を高めて対策するのが筋なのでは……？」

なおも、理解できない、という顔で来菜子は首を傾《かし》げた。

——この人は、結局、ピュアなんだよなあ。

きっと、来菜子は自分を高めることに躊躇《ちゅうちょ》がない生き方をしてきたのだろう、と澄人は思う。

だから掃除にせよ料理にせよ積み上がったスキルがおかしなことになっているし、それ以外のことでも、例えば仕事のことでも、その姿勢は変わらないのだろう。

「まったく同感ですけど、手っ取り早く有能なヤツを追い出せばいい、って考えちゃう困った人もいるってことですね」

「でも、それじゃあその会社は発展できないじゃないですか」

「ですね。だから上手くいかなくなってブラック化したりするんじゃないですかね、うちの会社みたいに」

「……」

　啞然として、来菜子は口をパクパクさせていた。何かを言おうとして、しかし言葉が見つからない、という感じだった。

「あくまで可能性の一つなんですけど、もしかしたら、店長は瀬和谷さんが自分の立場を脅かしている、って考えているのかもしれない、って思ったんですよ」

「……」

　来菜子はそれを聞いて、悲しそうに目を伏せた。

　そんな様子を見て、澄人はロッカーの前で泣いている来菜子や、同僚の輪から締め出されている来菜子などの様子をありありと想像してしまった。

　でも、今、来菜子が表情を曇らせているのは、そんなふうに自分がしんどいからではない。

　――ああ……。

　澄人も一度目を伏せて、そして空を仰いだ。

　――この人は、自分が辛い目に遭っていることより、尊敬していた人がそんなくだらない考えに囚《とら》われているかもしれない、ってことに傷ついているんだな……。

もちろん、あくまで澄人の推測でしかなく、本当に店長がそんな理由で心変わりをしてしまったのかどうかは確定していない。

だが、部外者である澄人の推測がリアリティを持って聞こえてしまうほど、きっと来菜子の中では不可解で意味不明な出来事だったのだろう。

ちらり、と愁《うれ》いを帯びた横顔を見やる。

悲しんでいる来菜子に申し訳ないと思いつつ、澄人は、潤《うる》んだ瞳が宝石のように美しい、と感じてしまった。

優しい人。

綺麗な人。

真面目な人。

善良な人。

魅力的な人。

ちょっと無防備なところはあるけど、頑張り屋な人。

ずっと素敵な人だと思っていたけれど――、

――俺はこのとき。本気でこの人を守りたいと思った。

「あの」

その想いが、口から衝《つ》いて出そうになった。

「はい？」

来菜子が顔を上げて、濡れた目を澄人に向けた。

「あ、いえ……」

澄人は慌てて言葉を飲み込んだ。

――何を言う気なんだ、俺は……。

しんどいなら辞めちゃえばいいじゃないですか。

そんなことを言えるか？　無職の自分が？

自虐的に口元が歪《ゆが》んだ。

そういう言葉は、俺が面倒を見るから、というセリフとセットで言うべきものだ。しかし、今の澄人にはそれを言う資格がない。

自分さえ養えていない身で、言えるはずがない。

――情けねえなあ、まったく……！

拳を強く握りしめる。血が滲《にじ》みそうなほど強く。

これまで、澄人は悔しい思いをしても「でも、俺なんて」と思いながら生きてきた。自虐的にヘラヘラ笑って、他人の目も自分の気持ちも流して、こんなもんだと無理矢理自分を納得させて。

──でも。

何かが、心の奥底で熱を帯びた気がした。

熾火《おきび》ですらなくなっていた、もはや冷えきって炭と化していた闘争心に、かすかだが火が点《とも》ったような。

──ダメだろ、このままじゃ……。

と、来菜子がこちらを見つめたまま、言葉の続きを待っていることに気がついた。

「ええと、ですね」

慌てて、澄人は言葉を探す。

「ええと、なんとか店長の立場を脅かすつもりはない、ってわかってもらえれば状況も変わるんじゃないですかね」

「それはそうかもですけど……」

──ああもう、見切り発車で喋り始めたけど、そんな方法があったら苦労はしないんだよなあ……！

必死で頭を回転させる。

「例えば、将来的には独立を考えている、って伝えてみるとか」

「え、私が独立ですか……？」

苦し紛《まぎ》れに言った澄人の言葉に、来菜子は心底驚いたようだった。

「いや、その、本気かどうかはさておき、そう言っておけば、同じお店で貴女の立場を脅かしたりしませんよ、ってアピールになるんじゃないかな、と思って」

「なるほど……」

　来菜子は理解はしても、ピンとはきていない、といった顔をしていた。

「俺、エステ業界とかは詳しくないですけど、修業してお金貯めて独立、みたいな流れ、結構あるんじゃないですか？」

「それは、まあ、ありますね。実はエステって特別な資格とかは必要ないんで、参入も独立もハードルは低い方なんですよ。もちろん、その分生き残りは大変なんで、独自色を打ち出さないといけないとは思いますけど」

「だったら、そこまで突飛《とっぴ》な話じゃないし、きっと店長に話しても変には思われないんじゃないですかね」

「それはそうでしょうけど、そんなことを話しちゃったら本気で独立を考えなきゃいけなくなりませんか……？」

「まあ、そこは将来的に、ってことで濁しておけばいいんじゃないですかね」

「うーん」

　それでも、来菜子は乗り気ではなさそうだった。

「でも、実際、その店長から離れられるのならその方がいいとは思いますよ。独立は無理でも、他のお店に移るとか、できるならそれで解決しますし」

「それって、解決ですかね……？」

来菜子が首を傾げる。

「瀬和谷さん的には店長と仲直りしたいんでしょうけど、ぶっちゃけ、俺は元通りの関係には戻らないと思ってます」

「やっぱり……そう思います……？」

「はい。一回二回冷たくした程度ならともかく、他のスタッフにまで影響が出るほど長引いているなら、やった方が改心して謝っただけじゃ済まないですよ、普通は」

「……」

「仮に瀬和谷さんが許したとしても、しこりは残るでしょう。今度は店長は、後悔や罪悪感、そして『瀬和谷さんから仕返しされるかもしれない』という不安や疑心暗鬼に悩まされることになりますよ、きっと」

来菜子がまた悲しそうな顔をしているのに気がついて、澄人は言葉を止めた。

「すみません、ズケズケと言いすぎました」

「いえ、気にしないでください。たぶん、織部谷さんの推測は間違ってないです」

来菜子は一度うつむいて、少し考え込むように目を閉じた。

そして数秒後、顔を上げて澄人をまっすぐに見た。

「独立とか転職のこと、すぐには無理かもですけど、ちょっと考えてみます」

「はい、それがいいと思います」

にこりと微笑んで、来菜子が立ち上がる。

それを見て、澄人も釣られるように立ち上がった。

「ありがとうございました。長々と愚痴を聞いてもらっちゃって」

「いえ、そんな、全然。今の俺には話を聞くくらいしかできないし……」

自分で言っていて、あまりの情けなさに泣けてくる。

「じゃあ、私はこれで」

ぺこりと頭を下げて、来菜子は歩きだした。

「あの！」

その背中に、澄人は声をかけていた。

「はい？」

来菜子が振り返る。

「俺、瀬和谷さんのお店の店長さんとか同僚の人とかとは接点がないと思うんで、だから、なんていうか――」

言いたいことがまだ整理できておらず、ええと、と言葉に詰まる。

しかし、澄人は脳内に漠然《ばくぜん》と浮かんでいた語句を無理矢理つなげて、言葉を続けた。

「いつでも相談とか、愚痴とか、聞くんで！　俺にならい、王様の耳はロバの耳っていくら叫んでも絶対に漏《も》れませんから！」

来菜子は「ありがとうございます」と微笑んで、もう一度小さく会釈《えしゃく》して、公園から去っていった。

その背中を見送りながら、澄人は、

――俺も、やるべきことをやらなきゃ。

と、決意を新たにするのだった。

幕間その四　女神の酩酊

公園で澄人《すみと》と別れたあとの来菜子《きなこ》は、荒れていた。

衝動的にコンビニでアルコール類を買い込み、自宅に帰るなり飲み始めてしまった。

基本的に、来菜子は自宅で酒を飲むことはほとんどない。飲酒は健康に悪い、というのはわかっているので、酒はたまに外で飲めばいい、と考えていた。

そもそも、来菜子は酔うために酒を飲む、ということには否定的だった。

酒は美味《おい》しいから飲む。

酒の席が楽しいから飲む。

一緒に食べる料理が美味しくなるから飲む。

しかし、今日は、迷わず飲むことを選んでしまった。

飲まずにはいられなかった。

酔いたい、と思ってしまった。

——なんで喋《しゃべ》っちゃったんだろう……。

澄人に仕事上の悩みを吐露《とろ》して、気持ちが楽になったのは確かだった。

澄人の推測も、あながち間違っているとも思えなかった。

彼が提案してくれた独立をほのめかすという方法も、案外上手《うま》くいったりするかもしれない、と思えた。

でも。

――嫌われたかもしれない。

そうも思った。

自分が気持ちよくなるために世話を焼いていたのだと、今までの行為が偽善なのだと、全部白状してしまったのだ。

要は、「あなたを利用していました」と宣言したに等しい。

そして、嫌われたかもしれない、と感じたことに、激しく動揺していた。

缶のアルコール飲料をあおる。

――私、もしかして……店長に嫌われるより、今では織部谷《おべや》さんに嫌われることの方が怖いと思ってる……？

澄人は言っていた。もう、店長との仲が元通りになることはないだろう、と。

それに納得できてしまった今、澄人にまで嫌われたらどうしよう、という考えが止まらなくなって、怖くなってきたのだ。

最初は掃除が目当てだったというのに。世話を焼くことで心のバランスを取っていただけなのに。

関わるうちに、いつの間にか店長と同等か、それ以上の大きさにまで、心の中で彼の存在は膨《ふく》れ上がっていたようだった。

また、酒をあおる。

よく冷えた喉越《のど》しながら、身体に蓄積していったアルコールは熱を持ち始めている。

——彼の言うように、さっさと辞《や》めた方がいいのかもしれない。

もう元に戻らないのなら。

なにより、これ以上彼に醜態《しゅうたい》をさらさないためにも。

彼にも言ったじゃないか。仕事はまた見つければいいのだ、と。

身体のためを思えば辞めた方がいい、という理屈と一緒だ。自身の心を守るために辞める。

その選択肢は至極《しごく》まっとうである、ということになる。

いっそ、彼と一緒に無職になって、一緒に就職先を探すのもいいかもしれない。

「って、それはさすがに自暴自棄《じぼうじき》すぎるかしら」

酔った口から自嘲が漏《も》れる。

しかし、一度そう思ってしまったら、あの職場で働き続けるのが今まで以上に苦痛に思えた。

酒をあおる。

缶が空になったので、次の缶を開ける。

そもそも、彼が失業してしまったのは自分のせいなのではないか。

自分が、健康のことを考えたら辞めた方がいい、なんて思ってしまったから……。

だったら、自分も今の職を辞めるのが筋なのではないか。

酔った思考は、どんどんおかしな方へと向かっていく。

──そもそも、実は私は嫌われてしまった方がいいのでは？

さらにアルコールを身体に流し込みながら、来菜子は清音《きよね》の顔を思い浮かべた。

とても可愛らしくて、まっすぐな女の子。

彼女が一心に向ける澄人への好意は、来菜子の目にもとても微笑ましく映った。

もっと早くに彼女が現れていれば、来菜子はきっと身を引いてこれ以上澄人に関わるまい、と思ったことだろう。

来菜子とて、他人の恋路《こいじ》をわざわざ邪魔するほど野暮《やぼ》ではない。

──タイミングが悪いのよ……。

清音に初めて会ったときにはもう、他人事《ひとごと》ではなくなってしまっていた。

来菜子は自発的に澄人に会いたいと思い、会うために行動し、気を引くことを考え始めてしまっていた。

なにより、心の支えとして、存在が大きくなりすぎていた。

酒をあおる。

──いっそ、もっと早く……のめり込む前に出てきてくれていれば、きっとこんな気持ちにもならずに済んだのに。

そうなれば、来菜子はおそらく、誰にも頼れず、鬱屈《うっくつ》としたストレスを発散することもできず、もう潰《つぶ》れてしまっていたかもしれないけれど。

ぐちゃぐちゃになった思考を酔いで割っても、気持ちはまるで晴れる気がしなかった。

エピローグ

澄人《すみと》は公園から出た足でハローワークに寄り、求人を確認したあと、無料の求人誌を置いているコンビニなどの店舗を巡って集め帰宅した。

とにかく、やるべきことを、できることをやらなければならない。

目下《もっか》、それは就職活動である。

そして持ち帰った求人誌に一通り目を通し、よさそうな募集がないことに軽くため息を吐《つ》いて、今度はパソコンに向かった。

ダメ出しされた転職サイトのエントリーシートや職務経歴書を書き直さなければならない。

他の転職サイトにも登録しようとしているわけだから、この部分はしっかりと取り組んでおけばあとあと役に立つこともあるだろう。

――ええと、傲慢《ごうまん》なくらいに自己アピールを、か……。

タイピングしようとした手がピタリと止まる。

――俺がアピールできることってなんだろう……。

職歴と言っても、前職でやってきた仕事といえば、営業で新規の客を開拓することと、開拓した顧客《こきゃく》の御用聞きをして契約を継続してもらえるよう奔走《ほんそう》していただけである。

そうなると、澄人の功績はどこそことの契約を取ってきたとか、以前に取った契約を継続してもらったとか、増額してもらったとか、そういう話が羅列《られつ》されることになる。

——そんなのが職務経歴になるのかな？

とにかく、過去の成績について記憶を頼りに書き進めていく。ノルマに対してその年に何％の利益を出したのか、そんなことを書き込んでいく。

——こうしてみると、俺、なんだかんだでかなり貢献《こうけん》していたはずだよなあ……。

少なくともノルマ未達成の年は一度もないし、一番頑張った年などは二〇〇％近い結果を出している。

こうした実績より、残業を拒《こば》んで定時に帰ったとか、休日出勤を断ったとか、そんなことの方がマイナス評価として問題視されていたのか、と思うとなんだか虚《むな》しくなってしまった。

さらに今回は、達成率の他に、どんな会社との契約を取ったのか、など詳細な情報も主立《おもだ》ったものを書き加えていく。

——自信を持って自分の功績を列挙するとか、なんか落ち着かないんだよなあ……。

勤めていた頃も、会社に対してことさら実績をアピールする、ということはなかったなあ、と澄人は自身の働き方を顧《かえり》みた。

もしかしたら、そうしたアピール不足が上司に軽視される結果になっていたのかもしれない。

しかし、自信という部分については、これからの自分は意識的に持つようにしなければならない、と澄人は感じていた。

――俺は、自信を持って瀬和谷《せわや》さんに俺自身を『どうですか』って問わなきゃいけないんだもんな。

告白とか、求婚とか、そういう具体的な話はさておき、好きな人が困ったときに「俺がなんとかするから」「俺を頼ってください」と胸を張って言えるように。

無職で求職中という絶望的な状況には変わりないにしても、澄人の目は未来を見据えてやる気に燃えていた。

あとがき

ダッシュエックス文庫様では七年ぶりのご無沙汰《ぶさた》でございます。

もうほとんど初めましてですね。

さて、本書は掃除とか料理とかについて、とても真面目《まじめ》に（ツッコミ待ち）取り扱っているわけですが、私自身も料理の動画とかをよく見たりします。

そして、その延長でキャンプ系の動画もよく見るんです。

キャンプ系の動画の料理は、実はかなり参考になったりするんです。何しろ、持っていける道具はなるべく最小限にしたいのがキャンプですから、工程の省き方とかの部分でかなり工夫されていたりするんですよね。

参考になるならないは度外視しても、キャンプってすごく魅力的です。

まず、道具がかっこいい。

薪《まき》を割るための斧《おの》や鉈《なた》、コンパクトに折りたためる焚《た》き火台、機能のみを切り取ったようなガスコンロ、持ち運びまで考えられたカトラリー。

ピシッと張ったテントの前に椅子や道具を並べる様は、幼い頃に夢見た秘密基地を彷彿《ほうふつ》とさせてワクワクします。

テントの前で焚き火をしながら、そうした道具を駆使して様々な料理を仕上げていくキャンパーの方々の手際《てぎわ》の良さは、板前がカウンターの中で腕前を振るうのを眺めるのと同じくらい見応えがあります。

とはいえ、私自身はキャンプは一切やりません。

根っからのインドア派なので、空調の効いた部屋から出たくないのです。暑いのも寒いのも嫌いです。

それから、虫が嫌いです。

狭いアパートに住んでいるので、テントや寝袋などのかさばる道具を保管する場所もありません。

車どころか免許も持っていないので、大荷物を運べないしキャンプ場までの足もないのです。

よく知人に「こういうキャンプ動画があってさ」と話しかけては、

「へえ、キャンプとかするんだ、意外だね」

「いや、しないが？」

というやりとりになって、ちょっとおかしい人を見るような目を向けられたりしています。

そんなおかしな人が書いたちょっと変な話ですが、楽《さき》しんで頂ければ幸いです。

すべての関係者様と、読者の皆様に最大限の感謝を捧げつつ。

おかざき登

この作品の感想をお寄せください。

あて先　〒101-8050　東京都千代田区一ツ橋2-5-10
集英社　ダッシュエックス文庫編集部　気付
漫画エンジェルネコオカ先生　おかざき登先生　おりょう先生

ダッシュエックス文庫

世話焼きキナコの××管理

原作　漫画エンジェルネコオカ
小説　おかざき登

2023年8月30日　第1刷発行

★定価はカバーに表示してあります

発行者　瓶子吉久
発行所　株式会社　集英社
〒101−8050　東京都千代田区一ツ橋2−5−10
03(3230)6229(編集)
03(3230)6393(販売／書店専用) 03(3230)6080(読者係)
印刷所　大日本印刷株式会社

ISBN978-4-08-631519-7 C0193

マンガでもあなたを
不摂生男子にささげる
妄想ライフハック
ラブコメディ!!
ぶん
会いに来たよ お兄ちゃん…!
うわ
こんなに掃除し甲斐がある部屋は初めてです!
世話焼きキナコの××管理
Caretaker Kinako's XX Management
最新話はこちら!
ニコニコ漫画 水曜日はまったり ダッシュエックスコミック で大好評連載中!